KB166979

계룡산에서
자연을 노래하다

계룡산 고왕암 견진 스님 산문 시집

계룡산에서 자연을 노래하다

견진 스님 글·사진

흔들의자

[추천사]

자연의 아름다움을 그대로 압축한 역작

정각회장 국회의원 **주호영** 합장

견진 스님은 속가 항렬로는 집안 아저씨이지만
함께 자란 이웃집 후배입니다.
삼대 적선을 하여야 한 분이 나온다는 스님이 되셔서
열심히 수행하시는 모습이 참으로 든든하고 집안의 자랑이었습니다.

자연 속에서 생활하시는 견진 스님께서는
해박한 꽃과 나비의 지식을 통하여
시를 짓고 산새들과 교감하는 모습은
우리가 상상할 수도 없는 자연인의 모습입니다.

꽃의 아름다움은 말로 형용할 수 없음에도 부드러운 필력으로,
수행자가 바라보는 모습으로 자연과 동화되어
직접 꽃을 가꾸면서 그 황홀함을 시로 노래로 표현한다는 것은
자연의 아름다움을 그대로 압축한 역작이라 말하지 않을 수 없습니다.

수많은 나비를 스스로 불러들여 신발과 손에 앉혀
자비심을 베풀어 주시는 모습에 나비가 꿀 춤으로 보답하는 광경은
인간과 자연의 교감 중 신기한 사례라 하지 않을 수 없습니다.

산새들과 십여 년을 함께 지내고
산새들이 스스로 문구멍을 뚫고 찾아와
「세상에 이런 일이」라는 방송에 나올 정도면
꽃, 나비, 산새와의 인연에 교감의 달인이라
하지 않을 수 없는 자연인 수행자입니다.

해마다 계룡산에서 백제의 모든 왕을 추모하고
나라의 안녕과 평화통일,
그리고 부강한 대한민국 건설을 염원하는
「백제왕추모제」를 모시는 기도의 종소리가
끊이질 않는 애국자 수행 인입니다.

고려시대 균여 대사는 지금부터 1100년 전에 태어나
고려 왕실의 총애를 받고 보현십원가의 향가 11수를
서민들의 눈높이에 맞게 지었으나
지금 시대와 해석이 잘 맞지 않은 것을 현재의 입장에서
재해석하여 현대판 보현십원가를 만드신 것도
찬탄 받아야 할 일 중의 하나입니다.

세상에 많은 책이 있지만
계룡산에서 자연을 노래하는 견진 스님의 시집은
이런 점에서 독특하고 귀한 것입니다.

한두 권 소장하여 자연의 정취를 공감하고 즐기는
청복을 누리시기를 권청합니다.

이 시대의 천진 보살을 보려면 고왕암으로 가라!

신원사 주지 마휴 중하 대종사

계룡산의 만학천봉萬壑千峰중
천황봉 아래 문필봉과 마주한 고왕암에서
십 여 년 간 산새들과 주객일체主客一體 하면서

아름다운 온갖 꽃을 가꾸고
나비와 자연을 벗 삼아 수행하는 견진 스님은
명실상부名實相符한 천진보살이며
자연인 수행자임에 틀림이 없습니다.

백제 31제왕 추모문화 대제 중
견진 스님의 인사말에
수백 여명의 대중의 양해를 구하고
산새를 손위에 부르며
꽃과 나비 산새와 자연에 대한
화보를 낸 적도 있습니다.

계룡산 신원사 벽암문도의
여러 수행자 중에서 자연에 이토록 심취하여
백 여 편의 시를 지어
어린이날에 발간하게 됨은

자연을 좋아하는 청소년들과
모든 사람에게 삶의 지침서를 열어 보이는 것은

자연을 사랑하고 좋아하는 때 묻지 않은
순수한 마음이 있기 때문입니다.

문중의 어른으로서 시집을 발간함을 찬탄하고
진심으로 축하합니다.

모든 중생이 다 불성이 있다

자연에서 왔다가
자연으로 돌아가는
우리네 인생이지만

꽃을 가꾸고
나비를 사랑하고
산새들과 주고받는
교감의 이야기가
자연의 교과서로 어우러져

인생의 깨우침을
줄 수만 있다면
나는 결단코
그대를 사랑하리라.

꽃의 미소는
땅에서 주는
아름다움이요

나비의 춤은
천상에서 내려오는
항아의 몸짓이며

산새들의 웃음은
우리에게 신비한
에너지를 일으키는
협악 연주가 아닐까요?

자연의 신비함이
물거품과 이슬로
변하기 전에

나는 비로소
이 한 권의 책을 만들어
만유중생이 개유불성이
있음을 알리고자 하노라.

_견진 스님

9

[차례]

추천사   자연의 아름다움을 그대로 압축한 역작 주호영   4

이 시대의 천진 보살을 보려면 고왕암으로 가라! 중하 스님   6

서문   모든 중생이 다 불성이 있다 견진 스님   8

꽃   연꽃 14 부처꽃 16 겹접시꽃 19 불두화(佛頭花) 20 산수국 22 능소화 24 참나리 26 뻐꾹나리 29 금낭화 31 깽깽이풀 32 꽃범의꼬리 34 꽃무릇(석산) 36 복수초(福壽草) 39 작약꽃 40 초롱꽃 42 고왕초와 매화말발도리 44 하늘말나리 47 옥매화 48 비비추 50 자주달개비 52 현호색 55 공작선인장 56 진달래와 철쭉 59 꽃잔디와 남방제비나비 60 꽃을 사랑하는 스님 62

나비   대왕나비 66 어리세줄나비와 먹그림나비 68 사향제비나비 70 왕나비 72 왕오색나비 74 은판나비 76 청띠신선나비 78 홍점알락나비 80 큰표범나비 82 모시나비 85 산호랑나비와 무궁화 86 흑백알락나비 88 왕자팔랑나비 90 부전나비 93 네발나비와 돌단풍 94 줄점팔랑나비와 꿩의비름 96 배추흰나비와 끈끈이대나물 98 부탄의 산제비나비 101 청띠제비나비 102 황세줄나비 104

산새

산새를 사랑하는 견진 스님 108 곤줄박이 왕초와 곤식이 형제 110 동고비 112 계룡산 금계 114 금계 방생 116 산새들의 노랫소리 118 산새들의 묘기 120 불화감상(佛畵感想) 123 기도하는 곤줄박이 124 박새와 곤줄박이 화합 생활 126 쇠박새 128 박새 부부 130 노랑할미새 132 진박새 135 천 마리 되새 137 팔색조를 계룡산에서 138 호반새 140 휘파람새 방생 142 후투티 144 붉은머리오목눈이 146 딱새 148 큰유리새 151 직박구리 152 산조전심(山鳥傳心) 154

자연 곤충 문화 사찰

고왕암 노송 158 보름달과 달등 소원 160 오매불망 162 차와 문화 164 고왕암 낙조 167 이끼도롱뇽 168 얼음 산신령과 나반존자 170 계룡산 담비 172 왕잠자리 174 길앞잡이 175 우산이끼 176 옥색긴꼬리산누에나방과 왕물결나방 177 한사상춘화 178 태화산(泰華山) 마곡사(麻谷寺) 179 청송에 백학이 춤을 추네 180 고왈삼무 182 고왕암 설경 183 융피굴 백왕전 184 천년굴 법당 186 모과나무 188 계룡산 고왕암 190 배초향과 차조기 191 산불 조심 192 우순풍조 국태민안 194 자연사랑 195

깨우침

참선(參禪) 198 색(色)과 공(空)은 한 몸이라 200 인과법칙 202 깨우치면 그대로다 204 개개불성 206 심생즉 법생 208 미소가 천하제일 209 백제왕가 210 복혜구족 211 무상정토 212 자화상 213 심산유곡 214 천 년의 향기와 만 년의 미소 215 시란 무엇인가 216 세계 일화 217 시사득도 218 지식(知識)과 견성(見性) 219 묘향산 적음선사 선시 220 도란 이런 건가요? 221

보현 행원가

예경제불가 224 칭찬여래가 224 광수공양가 225 참회업장가 225 수희공덕가 226 청전법륜가 226 청불주세가 227 상수불학가 227 항순중생가 228 보개회향가 228 총결무진가 229

발문跋文_산중수행(山中修行)의 결정체 청량재(清涼材) 황진경 230

연
꽃

부처님 탄생하실 적에
연꽃으로 받쳐 주시고
더러운 연못에 피지만
연잎에 물들지 않으니
처염상정處染常淨이라 말하리.

부처님이 가섭에게
삼처전심 전할 적에
염화미소가 우리들의
등불이고 으뜸일세.

연꽃에는 어리연꽃 수련
개연꽃 가시연꽃 백련 황련 홍련
밤에 피어나는 빅토리아연꽃
각양각색 화려하게 웃음 짓네.

청렴하고 우아하게
입을 여는 그 여인은
당신 모습이 아름다운 만큼
마음씨도 아름답네.

불자들은 너도나도
떠받들어 헌공하네.
불기 다기 촛대 향로에도
단청에 피어나는 연꽃은
화려함의 극치라네.

연못 속에 비친 그대는
다름 아닌 연등불일세.
우주의 중심에 있는
비로자나 탄생하실 적에
연화장세계를 장엄하고
만유 중생을 굽어보는
태양과 같은 존재일세.

연꽃

부
처
꽃

슬픈 사랑 머금고
고귀하고 우아한 꽃.

홍자색 꽃망울은
송이송이 간직한 채
고고하게 웃는 얼굴
부처님이 아니런가?

지사제로 사용할 때
약사보살 변신하고
벌과 나비 찾아오면
꿀 한 사발 대접하고
추녀 끝의 빗방울로
슬픈 사랑 씻어주네.

연못에서 피고 있는
연꽃에게 말하기를
부처님이 가섭에게
염화미소 전달하리.

부처꽃

겹접시꽃

겹접시꽃

그릇이 부족한 시절에 감잎에 고등어를 담아
논두렁에서 모내기 후 점심을 먹던 시절이 생각난다.

우리 조상들은 접시꽃을 보면서
저것으로 꽃그릇을 만들어 바치면 얼마나 예쁠까
하는 생각에 지어진 이름이 아닐까.

접시꽃이라 부르면 당신이 저절로 따라온다.
접시꽃 당신이야말로 풍요로움이요
평안한 그릇이 아니겠는가?

법당 앞 겹접시꽃 층층이 피고 맺고
겹겹이 가슴에 꽃 리본을 달아가며 피어난다.

분홍 빨강으로 우리 가슴에 물들인다.
누구를 기다리면서 고개를 내밀고
반가이 맞아주는 그대여.

불
두
화
佛
頭
花

오월이 오면
무우수 가지 사이로
살랑바람이 불어와
부처님이 오신다네.

그대를 축복이라도 하듯
어김없이 불두화는 피어나
은혜를 베푼다.

부처님의 머리처럼
수국처럼 보이지만
여러해살이 나무에서
몽실몽실 한 아름 피어나
꽃가루를 뿌리며
은백색 바다를 만든다.

씨앗을 뿌리지 않은
비구승처럼 고고하게
원만상호 풍기며
우리를 사랑의 못에 가둔다.

불두화와 흑백알락나비

산
수
국

수국은 물에서 피는 국화라
충분한 물이 필요하다.
산수국은 산중에 피는 꽃인데
비취처럼 아름답다.

행여나 벌과 나비가 모를까 봐
가짜 꽃으로 유인하여
확실하게 씨앗을 맺는다.

산수국

씨앗 번식은 3년이 걸리지만
오뉴월 가지를 삽목하면
이듬해 꽃이 핀다.

세 주를 옮겨 심었는데
일 년에 이천 송이의 꽃으로
비취를 선사한다.

초파일은 불두화 철이고
그다음은 산수국이
만개하여 사진사를 부른다.

그대는 비췻빛 얼굴이지만
변하기 쉬운 마음을
가졌으니 조심합시다.

능소화

예로부터 능소화는 웃음을 선사하는
선비의 꽃이라 정승댁에 심었다네.

고목이나 절벽 위에 능소화가 피어날 때
어김없이 찾아오는 너울너울 제비나비.
능소 나팔 머리 박고 한참이나 꿀을 뽑네.

아이들이 꽃을 따면 실명한다고 전해 듣고
어른이나 아이 할 것 없이 참말인 양 멀리하네.

송이송이 주렁주렁 능소화가 늘어질 때
가정에는 웃음꽃이 가화만사성 소리치네.
산제비나비 뒤질세라 소원 성취 빌고 가네.

능소화와 산제비나비

참
나
리

나리 나리 개나리
나리 나리 말나리
하늘말나리 수승하고
나리 나리 참나리 나리 중에 진짜라네.

들깨보다 참깨가 맛도 좋고 우수하듯
개꽃보다 진달래가 온 산천의 참꽃이네.

나리 중에 하늘 보면 하늘나리라 하고
나리 중에 땅을 보면 땅나리라 부른다네.

하늘땅도 보지 않고 중간에 피어나면
중나리라 말하리라.
그중에 참나리는 토종이라 말을 하네.

약사여래 화단에서 고개 숙여 절을 하고
꽃과 씨앗 함께 나와 부처님께 공양하네.
공양 중에 화공양이 미모 얼굴 만든다네.

참나리 약사여래불과 곤줄박이

빠꾹나리

뻐꾹나리

뻐꾹 하면 산새가 연상되고
뻐 뻐꾹 하면 뻐꾹새가 날아와서
남의 둥지 알을 놓고
클 때까지 주위에서 신호하네.

나리 중에 제일가는
뻐꾹나리 모양새가
꼴뚜기와 같다 하리.

법당 앞에 뻐꾹나리
나비 앉아 염불하니
뻐꾹새가 날아와서
목탁 치듯 노래하네.

뻐꾹나리 토종나리
나리 중에 으뜸일세.

금낭화

금낭화

금빛 주머니 꽃 속에
무얼 간직하는 걸까?

방울방울 복을 달고
봄부터 여름까지
돌담 사이 지렛대로
밀어내고 나오듯이
힘도 좋고 웃음도 좋아
만천하에 사랑받네.

아마도 그 속에는
슬픈 사랑 간직한 채
남모르는 비통함을
그 누군가 알아주랴.

오뉴월 여름날에
시어머니 모르게
숨겨온 비밀 하트
당신을 따르오리다.
목숨 바쳐 따르오리다.

깽
깽
이
풀

계룡산의 이미지로
변신하신 그대여
조각조각 붙여보면
한 송이 연꽃이어라.

보랏빛 향기가
묻어나는 요염한 여인아
개미들이 씨를 물고
곳곳에 번식하는 황련이여.

갖가지 병도 고쳐주는
명약인지라
보는 대로 캐지 말고
그대로 두자꾸나.

한마음 고쳐먹고
자연에 두고 보면
설원의 불심이니
안심하세요 그대여.

깽깽이풀

십수 년 전에 시골길을 가다가 우연히 마주친 들꽃 하나
야생화치고는 너무나 화려한 그대 나의 꽃밭으로 모셔 왔다.

한 해 한 해 번식하더니 꽃밭 전체를 장악하여
절반은 다른 분에게 보내고
대신 수선화 무스카리 금낭화로 화단을 채웠다.

꽃 한 송이 살펴보니 범의 이빨이 드러나 보이고
위로 꼬리가 올라와 꽃범의꼬리가 되었구나 확신하게 되었다.

초가을이 되면 박각시나방이 활개를 친다.
간혹 산제비나비도 무리 지어 춤을 추다가 곁에 다가서면
요리조리 피해 가며 열심히 더듬이에 꿀을 바른다.

호랑나비와 산 호랑나비는
꽃범과 마주치니 사랑을 속삭이며 춤춘다.
꽃잎이 범의 포효라 물리지 않을까 걱정이 된다.
핑크와 흰색이 있는데 작은 범이라 꽃잎이 귀엽다.

게다가 꽃범이 꼬리까지 살랑대며 피어오르니
연분홍 치마가 가을바람에 나부낀다.
우리의 청춘은 젊은 날의 회상으로 남아있다.

꽃범의꼬리와 고왕암 산제비나비

꽃
무
릇
/
석
산

세상 사람들은
님도 보고 뽕도 따고
하는 것을 좋아하는데

꽃무릇은 꽃과 잎이
각자 따로 피어나네.
그리하여 상사초라 말하지만
꽃무릇은 석산이라 부른다네.

가을날에 꽃무릇이
법당 앞에 피고나면
산제비나비가 춤을 추고
환영 잔치 베풀었네.

이루어질 수 없는 사랑
서로 만나지 못하는 사랑
그대들은 서로서로
참사랑이라 부른다네.

꽃무릇과
산제비나비

꽃

복수초(얼음새꽃)

복
수
초
福
壽
草

이월이 되면
땅속에 봄기운이 솟는다.
입춘도 날갯짓하여
황금빛 연화가 피어난다.

차디찬 눈 속을 헤치며
복과 수명을 갖추어
이른 아침의 햇살을 받고
나타난 얼음새꽃이여.

천운의 조화일까
설경의 영원한 행복
누가 볼까 두려워
순식간에 사라지네.

작
약
꽃

연분홍 치마로
얼굴을 가리고
모란 곁에 환생한 그대여.

얼마나 부귀가 그리우면
곁에서 시중이나 들겠다고
수줍음을 달래며
피어오른 그대여.

사랑하는 부처님을 따라
초파일에 환생한 님은
연꽃보다 정성이 뛰어나
보현보살이라 부르리라.

이제는 어여쁜 공주처럼
화려한 얼굴 그리고
아기 부처님 관욕하러
마야부인 되었다네.

고왕암 삼성단 작약꽃

초
롱
꽃

초롱초롱 방울방울 초롱꽃이 필 즈음에
호박벌과 나비들이 춤을 추고 달려와도
통로가 좁은 초롱꽃 꿀벌의 차지가 되고 만다.

수많은 잡초를 물리치고 완전 정복 참으로 가관이다.
고왕암 오르는 계단 옆을 장악하여 초롱 세상 이룩하고
세상 사람 등불처럼 환히 비춰주는구나.

섬초롱 금강초롱 색상은 다르지만
초롱이란 글자 속에 무명을 없애주는 지혜 등불 아니던가.
오고 가며 보는 사람 부처 지혜 이루소서.

고왕암 계단 초롱꽃

초롱꽃

고
왕
초
와

매
화
말
발
도
리

해우소 가는 길목에 고왕초가 비가 오면
혓바닥을 늘어뜨리고 있는 모습이 광장이다.

고란사에 고란초가 있듯이
고왕암에 고왕초가 있는 것이 당연하지 않은가?
둘 다 포자식물이지만
아무리 지켜봐도 꽃을 볼 수 없다네.

수백 년을 절벽에 붙어서 오가는 이 쳐다보니
얻어먹을 것이라고는 천수밖에 없다고 하네.

부처손과 고왕초는 아무리 가물어도
죽지 않고 말라 있다가 하늘비만 오신다면
만세 부르며 깨어난다네.

고왕초 아래 돌담 사이에는
봄마다 하얀 꽃이 매화처럼 피어서
자태를 뽐내니 그 이름이야말로
매화말발도리라 부르리.
그 사이 산새가 찾아오면 화조도라 이름하리.

고왕암 고왕초와 매화말발도리   매화말발도리와 동고비

꽃

하늘말나리와
부전나비

하
늘
말
나
리

하늘을 쳐다보고 웃음 짓는 그대여
기나긴 세월을 산속에서 지내다가
산승에게 스카우트 되어 부처님을 장엄하러
법당 앞에 나타났네.

나리 중에 으뜸가는 고귀한 여인이여
땅 보고 피어나는 땅나리보다는
하늘 보고 피어나는 그대가 당당하네.

앙천의 꽃잎에 둘러싸여
순결을 지키는 그대에게
미국 선녀가 날아오면
나를 믿고 따라온
당신이기에 지켜주리라.

옥
매
화

매화나무라고 해서 매실이 달리지 않을까 하는
생각은 아예 접어두고 조용히 그리고 살며시
바라봐야 옥매화의 진면목을 볼 수가 있다.

옥이란 티끌이 없어야 진옥이라 할 수 있다.
옥에 티란 말이 있듯이
옥매화의 어느 곳에도 티끌이 붙을 수가 없다.

섬섬옥수라고 하여 가느다란 나뭇가지에는
옥구슬이 주렁주렁 열려
만첩 옥가루가 사뿐사뿐 바닥으로 날린다.

상상만 해도 설경이 바람에 흩날리듯
꽃가루가 옥토로 변해 사방에 옥구슬이 굴러다닌다.

극락전 앞뜰에 해마다 봄이 오면
옥구슬 서 말 넉 되를 선물로 희사한다.
너를 바라보기만 해도 맑은 마음이 우러난다.

옥매화

꽃

비
비
추

산속에 살다 보면
나물 대용으로 먹을 수 있는 꽃이
원추리와 비비추다.

비비추는 번식이 활발해
가끔 새순을 잘라
하루 동안 물에 잠겨서
간장에 담그면
대체로 명이나물이라고
생각하지만 비비추 나물이다.

꽃은 연보랏빛으로
부전나비와 팔랑나비가 찾아온다.
작은 나팔을 불지만
좀비비추가 조롱조롱
꽃이 풍성해 보인다.
흰 줄무늬 비비추는
잎만 풍성하고 꽃대는
적게 올라온다.
비비추는 님도 보고
뽕도 따주는 고마운 화초다.

비비추와 부전나비 / 비비추와 줄점팔랑나비

자
주
달
개
비

닭의장풀을 달개비라고 말하지만
돌담 위에서 나란히 핀 달개비는
마치 닭의 볏이 하늘을 바라보며
계룡산에 소원을 비는 모습과 흡사하다.

소야곡 연주를 타는 모습은
짧은 즐거움으로 인생을 살아간다.

그런데 자주달개비는
한 송이에 옹기종기 모여서
찬란한 보랏빛 향기를 뿜는다.
작은 벌이 모여서 회의도 하고 즐긴다.

어딘가 모르게 외로운 추억을 간직한 채
말없이 피고 지기를 반복한다.

자주달개비

현호색

현
호
색

작은 종달새 모양의
귀여운 아가씨가
돌 틈에서 얼굴을 내밀고
보랏빛 향기를 풍긴다.

아 이제 드디어
봄이 문을 열어 놓으니
만복이 송골송골 미소를 짓는구나.

비밀을 간직한 보물 주머니가
양귀비처럼 웃음꽃 던지니
등산하는 남정네가
가던 길 멈추고 윙크하네.

씨가 검다고 하여 현호색인데
도무지 씨가 보이지 않네.
돌 틈에서 꽃을 번식하지만
인위적으로 옮기면
적응하기 어려우리라.

공
작
선
인
장

공작은 새 중에서 황제
천사의 깃털을 장식한 채
유유자적하게 나는 모습은
선녀가 하강하는 날갯짓
그런 모습을 닮은 꽃이 바로 공작선인장.

모든 것은 암수가 있듯
백학과 공작을 닮은 것처럼
하얀 공작선인장은 월 하 미인이라고 한다.
우리에게 찰나利那의 아름다움을 뽐낸다.

꽃이 필 적에 한 달간 꽃대가 정성껏 올라와
보름달 아래서 하루를 피고
공작이 날개를 접듯 고꾸라지는 그대여.

붉은 공작선인장도 질세라
미녀의 모습을 간직한 채 드레스를 펼친다.
아름다운 여인아.

공작선인장

산철쭉과 곤줄박이

　계룡산에서 자연을 노래하다

진
달
래
와 철
쭉

꽃이 피고 잎이 나는
진달래는 참꽃이라
붙여 먹고 꺾어 먹고
보기 좋고 먹기 좋아
두견화 되었다네.
애틋한 사랑으로
청렴하고 절제하세.

잎이 나서 꽃이 피는
철쭉꽃은 개꽃이라
함부로 예쁘다고
먹어서는 탈이 나네.

조경 좋고 보기 좋아
사랑에 즐거움이
이뿐인가 하노라.

꽃

꽃
잔
디
와

남
방
제
비
나
비

남방에서 타국 만 리 날아왔는지는 몰라도
봄철에 꽃잔디가 피면 살랑거리며 보인다.

두 날개 겨드랑이에 흰 반점이 선명하여
구분하기에 좋다. 그대 이름은 남방 제비나비이다.
그러나 긴꼬리제비나비는 주로 가을에 나타난다.

꿩의 비름에 앉아 포즈를 취하면
꼬리가 유난히 길어 보인다.
누가 꼬리를 잡을까 봐 깜짝 깜짝 놀라면서
잘도 잘도 피한다.

누가 말했던가? 꼬리가 길면 잡힌다고
그야 나쁜 짓을 하면 꼬리가 잡히겠지만
긴꼬리나비야 설마 죄를 짓고 도망 왔을까?

물어보기도 전에 손사래를 치면서
긴 꼬리를 흔들며 잽싸게 날아간다.

꽃잔디와 남방제비나비

꽃을 사랑하는 스님

꽃은 웃어도 소리가 없도다.
소리도 눈물도 없는 꽃은 모든 이에게 미소를 띤다.
꽃을 사랑하는 것은 만인의 소망이다.

작은 풀이지만 사람이 변화를 주어
가꾸어 보면 꽃이 되듯이
꽃은 사람들에게 희망과 용기를 준다.
꽃은 혼자 피어도 주위의 도움 없이는 번식하지 못한다.
곤충 바람 새 물의 도움으로 수정도 하고 열매를 맺는다.

도량에 꽃을 가꾸는 것은 우리들의 몫이다.
수선화 금낭화 초롱꽃 능소화 불두화 꽃무릇 등
내가 좋아하는 꽃들을 심고 가꾸어 보는 것도 흥미롭다.

내가 좋아하는 꽃

금낭화

뻐꾹나리

희귀 꽃들도 재미난다.
뻐꾹나리 칼미아 해오라비난초
후크시아 스노우 드롭과 같이
토종과 귀화식물도 키우다 보면
세계 일화가 생각난다.

우주는 한 지붕 한 가족
세계는 한마음 한 국토
우리의 소원은 통일의 꽃.

복주머니난에 앉은 곤줄박이

칼미아

후크시아

나비

대
왕
나
비

우물가에서 신기한 나비가 물기를 섭취한다.
호기심에 슬쩍 신발을 가까이 다가가 보았다.
어느새 신발의 짭짤한 염분을 더듬는다.
그리고 슬며시 산승의 손등을 내밀어도

아무런 반항도 없이 손위에 찰싹 달라붙는다.
고왕암을 배경으로 셔터를 누른다.
무슨 나비인지 궁금하여 친구에게 보여준다.
친구가 대왕나비라고 알려준다.
어차피 손에 앉았을 때 이 꽃 저 꽃에 올려보았지만
꽃보다도 내 손을 중요시하고 손등을 두드리면서 꽃구경한다.

불두화 백합 초롱꽃 달리아
담장 곁에 핀 버들마편초까지 둘러본다.
주황색 점박이 무늬 옷을 입고 당당하게 살아간다.
대왕나비 수컷이다.

고왕암 대왕나비 /
백왕전 대왕나비

어느 날 약수터에서
동자승의 가슴 위에 앉아있는
대왕나비와 비슷한 모습을 한
나비를 발견했다.

또 궁금하여 친구에게 물어보니
대왕나비 암컷이란다.
흑백알락나비처럼 생겼지만
머리 양쪽 부분에 붉은 점들이 있다.

그대 이름은 대왕나비 암컷이다.
공주대 사학과 학생에게
사진을 보여주니
전생에 왕이거나
왕비가 환생한 것이
아닐까요? 라고 물어온다.

나도 추측하지만
아마도 그렇지 않겠느냐고
대답했다.

대왕나비 암컷 법당 / 대왕나비와 동자승

어
리
세
줄
나
비
와

먹
그
림
나
비

유월의 무더위와 어우러져 사찰에서는 요사채를 보수한다.
스님의 이마와 손등엔 땀방울이 송골송골
나비의 먹이 이슬방울처럼 빛난다.

어디선가 스님의 손등에 선녀가 내려온다.
일손을 멈춘 산승은 도대체 너는 어디서 왔느냐.
그리고 너의 이름은 무엇이더냐.

신기하구나!
작디작은 흑백의 선 줄을 그려놓은 선녀가
손등에서 뭔가를 두드린다.
더듬이로 목탁을 치듯 계속 두드린다.

어리세줄나비와
먹그림나비

그대는 나로 인해 뭔가를 즐기는 것인가
아니면 식사를 하는 것인가
나비를 한 손에 들고 이리저리 살피는데
처음 보는 신기한 나비가 나를 부른다.

한 손에 나비를 들고 다른 나비를 맞이한다.
서로 초면인데도 내치지 않는다.

어느덧 한 손에 두 마리의 나비를 들고
한 손으로 플래시를 터뜨린다.
동영상을 두 번이나 촬영하고
사진도 몇 장을 찍어도 두 선녀는 갈 길을 잃어버리고
더듬이 땀 식사에 혼신의 춤을 추면서
이슬 사냥을 하는 것 같다.

작약꽃 위로 장소를 옮겨 방생의 터전을 마련했지만
아예 꽃에는 관심 없는 두 천사이여.

그대 이름은
먹으로 그림을 그린 듯한
먹그림나비와 어리세줄나비.

사
향
제
비
나
비

처음으로 산승의 방문을 두드린 나비
제비나비인가 하고는
뭐 손님에게 차려 드릴 것이 무엇일까 생각해보니
꿀이라면 최고의 접대가 아닐까 생각해본다.

꿀 대접을 생전 처음 받아본 그대는
나를 어미로 생각했을까?
나의 가슴을 타고 귓불에다가 고맙다는 인사를 한다.
방안에서 스님의 가사에 입맞춤하고 눌러앉는다

사향제비나비가 드디어 수행의 길을 떠난다.
밤새 가사에서 철야 정진을 하고는 세상을 하직한다.
마지막 하직 인사를 한 것은
다음 생에 스님이 되고 싶었던가 생각해본다.

어쩌면 마지막 생을 나와 함께
가사에서 보낸다니 애처롭기 그지없다.
궁리 끝에 자연사박물관이 생각났다.
영구 보존이라도 해야 직성이 풀릴 것 같다.
극락왕생하옵소서.
사향제비나비여.

사향제비나비

왕
나
비

보통 남해안이나 제주도 근방
동남아에서 서식하는 새와 나비가
계룡산에서 발견된다.

대표적으로 천연기념물 204호인
팔색조와 왕나비이다.
2021년 오래간만에 처음 보는 나비다.

처음에는 내 눈을 의심했다.
지구의 온난화로
왕나비를 계룡산 고왕암에서 발견한다.

계룡산 고왕암 왕나비

참으로 신기한 일이지만 잠시도 머무르지 않는다.
하는 수 없이 핸드폰 동영상으로
나비와 함께 춤을 추면서 한두 장의 사진을
갈무리하여 왕나비임을 발견한다.

틀림없는 왕나비다.
대왕나비 왕오색나비는
거의 해마다 찾아오는 편이지만
신비한 왕나비는 십수 년 만에
한두 번 볼 정도이니까 희귀한 나비
그대 이름은 왕나비
화려한 색동옷을 입고 나타난 그대여.

계룡산 왕나비

왕
오
색
나
비

느티나무 고목을 세 번에 나누어
5초 만에 한 바퀴 돌아버린 그대여
나비인지 새인지 구분조차 할 수 없다.
행여나 싶어
나비야 나비야 나비야
세 번 부르며 합장하고 기도한다.

네가 나비라면 내 곁에
한 번이라도 날아와다오.
하늘의 감동인지 부처님의 감동인지
해우소 쪽에서 무엇인가
쏜살같이 날아온다.
청 황 적 백 흑색의 선녀가 날아온다.

왕오색나비인가?
예전에 심어둔 옛 기와 위에
부처손, 넉줄고사리, 꿩의비름
어쩌면 그 위에 앉아서
날갯짓하면서 나를 부른다.
동영상과 사진을 허락하면서
사십여 초 만에 안녕이란
인사도 없이 홀연히 사라진다.

너무나 크고 신기한 나비라
계룡산 국립공원 홈페이지에 올리고
친구가 보내온 나비도록을 뒤척이다가
드디어 알아낸 이름
그대 이름은 왕오색나비
그대는 백제왕의 왕비였는가?
하늘이 보내온 선녀였는가?

계룡산 고왕암 백제왕추모제가 되면
홀연히 나타나는 그대여
그대의 이름은 왕오색나비.

왕오색나비와 주지실   왕오색나비와 수국

은
판
나
비

계룡산에서 처음 본 나비가
왕오색나비와 은판나비이다.

왕오색나비는 화려하고
은판나비는 양 날개에
은빛의 판으로 세상을 조명한다.

약수터에서 처음 보았지만
신기하구나!
누굴 비추려고 양 날개에 플래시를 짊어지고 다닐까?

어느 날 은판나비가 간이 샤워장에 나타났다.
초저녁이라 샤워해야 하는데
은근슬쩍 내 신체를 살펴보고는
조명 불에 앉아서 유희를 즐긴다.
하는 수 없이 손으로 옮겨 창문가로 이동을 해본다.

그대는 나의 알몸을 살펴본 나비
은판나비
전생에 부부의 연을 맺었던 나비인가
다시 한번 생각해본다.

은판나비

은판나비 욕실 방문

청
띠
신
선
나
비

녹슨 구리 쇳물을 뒤집어쓴 채
무엇인가 날아간다.
살며시 곁으로 가보면
감쪽같이 사라져버린 그대
멀리서 바라보면
여덟 팔자 모양의 선명한 청띠가 나풀거린다.

청띠신선나비

보름간 찾아다녀도 거리를 좁히지 못한 채
어디론가 사라져버리는 그대
이제는 그대를 포기하고 만다.

어느 날 프랑스 스킨로션을
손과 이마에 바르고 백왕전을 나오는데
뭔가가 이마에 앉는다.

자세히 살펴보니
포기해 버린 그대가 아닌가?
다시 들어가 핸드폰을 챙겨 마당으로 나오니
그대는 나를 꽃으로 보는가?
이마로 어깨로 바지로 떠나지 않는다.
내 몸에서 꽃다운 선녀의 향기가 너를 사로잡는다.
드디어 올 것이 왔구나.

회색빛 신발에 살며시 앉아
너울춤을 추는 그대
그대 이름은 청띠신선나비
어쩌면 나비 신발의 상표처럼
그 자리에 오래도록 살며시 앉아서
살포시 춤을 추는가?

홍
점
알
락
나
비

함평 나비축제의
마스코트라 할 정도로 아름다운 나비다.

그늘을 좋아하여
마치 숨어다니는 것처럼 나무 밑을 서성거린다.

생김새는 흑백알락나비에 양 날개 아래쪽에
붉은 점이 네 개씩 루비처럼 박혀있다.

행여나 보석을 훔칠세라 루비를 갈무리하고
나무 이슬을 먹으며 잘도 기어 다닌다.

어쩌다가 하늘 높이 날아서
나무 끄트머리에 앉아 쉰다.

어떤 때에는 땅바닥을 기어 다니면서
뭔가를 주워 먹는다.

홍점은 붉은 점이지만 알락은 극락을 의미한다.
지극한 즐거움이 바로 홍점알락나비다.

홍점알락나비

큰
표
범
나
비

표범이라 생각하면
점박이 무늬가 생각난다.

나비에 무늬가 많아
주황색에 검은 반점
순서대로 나열하면
표범처럼 뛰어올라
나비처럼 수줍어하네.

꿩의비름 만발할 때
단골처럼 나타나고
팔랑나비 헤치고서
서로 텃새 자랑하네.

어쩌다가 스님 손에
날아오면 꿀맛 보고
기절하여 시킨 대로
온순하게 춤을 추네.

새와 나비 날짐승도
머리 앉고 손에 앉아
태평가를 부르도다.

꿀과 잣을 주고 나서
무료 공연 즐기시네.
산새 친구 나비 친구
한꺼번에 스타 되었네.

손 위 큰표범나비

모시나비

모
시
나
비

삼베 무명 모시는
우리 선조들이 즐겨 입던 옷감이다.

삼베는 좀 거칠지만 비구들이 입기에 좋다.
그런데 하얀 모시는 여승들의 날개옷이다.

모시 적삼 하나 걸치면 여름밤이 시원하고
모시나비 날아오면 미나리냉이 춤을 춘다.

고들빼기 뒤질세라 모시나비 초대하니
예로부터 약초꾼은
젖이 나는 식물들을 불로초라 불렀다오.

노란 꽃에 하얀 모시 환상처럼 궁합 좋네.
불로장생 춤을 추면 극락 천당 날아갈까
나도 한번 끼어들어 얼싸안고 놀아보세.

산
호
랑
나
비
와
　
무
궁
화

나라꽃에 앉은 님은
산에 사는 산호랑나비
대한민국 번창하여
소원 빌듯 기도하네

무궁화의 이름대로
무궁무진 번창하여
경제 대국 이룩하여
세계평화 이룩하세

남과 북이 손을 잡고
자유대한 품에 안고
벌거벗은 북한 동포
얼싸안고 춤을 추세

부강 나라 건설하는
우리나라 대한민국
모든 나라 깜짝 놀라
호랑나비 춤을 추네

산호랑나비와 무궁화

흑
백
알
락
나
비

흑과 백은 조화로운 색상으로
편안함을 추구하네.

어느 날 산중에는
산새도 나비도 스님 머리에 앉는다네.

작은 새도 담장에서 이소하기에
뱀에게 잡히지 말고 훨훨 날아라 라고 전해주었더니

서툰 솜씨로 산새 친구의 머리에 휴식을 취하고는
숲속으로 날아가더니 흑백알락나비도
불두화에 앉았다가 정수리로 날아오네.

부처님의 머리처럼 생겼다고 불두화인데
부처님의 정수리 기운을 나에게 부어주려고
이심전심의 법문을 전하는 것이 아닐는지

나비야! 나비야!
불두화의 향기를 나에게 전해다오.

흑백알락나비 스님 손 위

흑백알락나비와 고왕암

왕
자
팔
랑
나
비

왕자란 왕의 대를 이을 것인데
왕자라고 붙이기엔 너무나 초라한 나비
그래도 왕자팔랑나비

어쩌다가 대파꽃에 앉아서 일하는 멧팔랑나비
스님 신발에 날아와 구두를 닦는지 알 수가 없는 팔랑나비

그래도 폼생폼사라고 거룩한 부처꽃에
앉아서 폼 한번 잡아보고 내가 왕자니라 소리쳐본다.

알아주는 사람이라고는 나비 친구밖에 없으니
왕인지 왕자인지 알 길이 없도다.

팔랑나비 종류는 다양하여
산수풀 떠들썩 팔랑나비
검은 테 떠들썩 팔랑나비
유리창 떠들썩 팔랑나비

나비 이름 그대로 온통 팔랑거리며
분주한 이름 그대로다.
팔랑거리며 날아다오.

왕자팔랑나비와 부처꽃

부전나비와
쑥갓

부
전
나
비

작디작은 바둑돌을
몸에 안고 나는 나비
나비 중에 제일 작은
부전나비 춤을 추네.

씀바귀꽃 부처꽃을
옮겨가며 나는 나비
얼핏 스쳐 지나가면
나비인 줄 모른다네.

법당 기도 하는 스님
부전스님 부르는데
부전나비 법당 앞에
목탁 치며 염불하네.

작은 나비 아지랑이
함께 피어오른 날은
풀밭에서 선녀들이
춤을 추며 노래하네.

네
발
나
비
와

돌
단
풍

돌 틈에서 자라나
다섯 손가락을 벌리고
하얀 꽃들을 맞이하는 그대여.

옹기종기 모여서
시루떡 잔치하듯 합장하고 있는데
불현듯 찾아온 손님 그대는 네발나비

발이 네 개라 네발인가?
손이 네 개라 네발인가?
세어보지 않아도
선조들이 그리하여 이름을 지었겠지.
하얀 눈꽃에 놓인 네발 선녀여.

네발나비의 날개에는 창과 방패가 있어
함부로 잡지 말라 충고하는 그대여.
약사여래불의 헌화가 되리라.

네발나비와 돌단풍

줄점팔랑나비와 꿩의비름

사람이 먹는 것은 비름이라 말하고
소가 먹는 것은 쇠비름이라 하며
꿩이 즐겨 먹는 것은 꿩의비름이라고 부른다.
고왕암 바위 곳곳에는
부처손 넉 줄 고사리와 함께 꿩의비름이 자생한다.

어쩌다가 꿩이 나타나니 솔개가 따라나선다.
화들짝 놀란 장 꿩은 대밭을 건너 강가로 몸을 피신하려다가
산새 친구가 나타나니 수직 강하로 터닝한다.
솔개는 느티나무에서 때를 기다리다 산새 친구가 타이르기를
너는 어찌하여 사찰에서 살생하려 하느냐
얼른 날아가지 못하겠느냐 하는 호통 소리에 솔개는 사라진다.
수꿩은 풀숲에 머리를 처박고 눈치를 보다가
산새 친구가 이제 괜찮다고 신호를 보내니 잽싸게 강 건너로 날아간다.
산새 스님 고맙다고 꿩꿩 꿔 어엉하고 날아간다.

솔개의 먹이를 가로챘지만 꿩으로서는 목숨을 구해준 은인이다.
꿩의비름의 손님은 일 순위가 꿩이지만 줄점팔랑나비도 단골손님이다.
양 날개에 점을 네 개씩 박히면 줄점팔랑나비지만
꿩의비름에 무리 지어 찾아온다.

때로는 긴꼬리제비나비도 초대받고 오는데
주로 초가을의 풍경이지만 환상의 콤비라고 할 수 있다.

줄점팔랑나비와 꿩의비름

배추흰나비와 끈끈이대나물

끈끈이대나물은
나물이 아니라 핑크빛 꽃이다.
봄꽃이라 배추흰나비가
찾아온다.

백왕전 앞마당에
요염을 떨고 있으니
흰나비가 사랑을 맞이하는
장소가 되었다.

두 마리의 나비가
끈끈이대나물 위에서
사랑을 속삭인다.

엎치락뒤치락하면서
암컷은 꿀을 빨고
수컷은 날개를 어루만진다.
어찌 보면 남정네가
여인을 치근대는 모습이
역력히 드러나 보인다.

끈끈이 대나물

수컷의 본능일까?
드디어 화가 난 암컷은
땅바닥에서 날개를 붙이고
꼬리를 수직으로 세운다.
이것은 사랑의 거부란다.

자기네들끼리는
뭔가 통하는 것이 있다.
결국 사랑의 뒷발질이다.

설치던 수컷도 항복하고는
아무 일도 없었던 것처럼
끈끈이 꽃 속에
창피함을 파묻고
함께 너울춤을 즐긴다.

흰나비의 사랑 거부 표현

부탄의 산제비나비

어느 나라든지 제비라는 동물은
신선한 충격과 빠름을 상징한다.

제비나비는 나라마다 있지만
조금씩 색상이 다르다.

어느 사찰 계곡 앞에서
강가로 둘러싸인 절 풍경을 담고 있노라면
그대가 살며시 나에게 다가와 말을 건넨다.

어디서 오셨나요?
나같이 아름다운 나비를 보셨어요?
왠지 그냥 지나치려고 하면
내 앞에서 뭔가를 전해주고
싶은 것처럼 아른거린다.

하는 수 없이 그대를 나의 품속에 담아본다.
누구에게도 물어보지도 아니하고
지어진 이름 부탄의 산제비나비.

청
띠
제
비
나
비

필리핀 강가에서 뭔가가 나풀거린다.

쪽배를 타고 폭포를 향해
노를 저어 가는데 눈가에 선녀가 나풀거린다.

보통 나비는 관심이 없지만
뚜렷한 청띠가 나를 부른다.

마치 번갯불처럼 선명한 다리맵시며
제비처럼 날렵한 몸매가 나를 보라고 유인한다.

폭포의 멋진 풍경보다도
선녀의 장단이 나를 유혹한다.

세상의 사진사들이 이 나비를
무척 찍어보고 싶다고 아우성치는데
나로서는 굴러들어온 선녀가 아니던가.

폭포 아래서 여러 선녀를 보았지만
유독 그대는
나의 사랑 청띠제비나비.

청띠제비나비

황
세
줄
나
비

나비에
줄이 한 개면 한줄나비
줄이 두 개면 두줄나비
줄이 세 개면 세줄나비

거기에 황색 줄무늬가
나타나면 황세줄나비
참으로 이해는 가지만
구분하기 어렵네.

나비에 줄무늬가
나비 이름을 알려주지만
보는 사람에 따라서
전문가는 구분하고
우리는 그냥 보네.

작은 줄무늬 큰 줄무늬
다양하게 나열하면
온통 줄무늬만 보인다오.
훨훨 날아다오.

황세줄나비

산새

산새를 사랑하는 견진 스님

어떤 거사님이 절에서 백일기도를 한다고 했다.

땅콩을 사달라기에 물어보니
새에게 밥을 준다고 하여한 봉지의 땅콩을 새에게 주는데
1미터 안으로 오는 것을 보지 못했다.

기도가 끝난 후 그이는 집으로 갔지만
그 동안 먹이를 먹은 산새들은 어리둥절하다가
산새 친구가 빨랫줄에서 곤줄박이를 초대했다.

하필이면 등산객이 산새에게 모이 주는 장면을 찍어주었다.
그로부터 십수 년간 산새들이 문구멍으로 방안에 들어와
차도 마시고 커피도 마시고 해마다 방에서 잠도 잔다.
온 방안이 새똥 범벅이 되어도 마냥 즐겁다.

산새들의 재롱잔치에 시간 가는 줄도 모르고
새와 함께 명상도 즐긴다.

그로 인해 산새 친구라는 별명도 생겨서
세상에 이런 일이 1,126회에 출연하기도 했다.
산새들과의 약속은 믿음이다.
서로 해치지 않는다는 무언의 약속이다.

방안을 거쳐 간 산새들은
곤줄박이 동고비 박새 쇠박새
딱새 등이다.

마당이나 손과 신발에
스쳐 간 새들은
직박구리 휘파람새
노랑할미새 큰유리새
되새 진박새 등이다.

팔색조는 계룡산이 맞이한
최고의 귀빈이다.

오색딱다구리는
느티나무에 둥지만
열심히 파놓더니
어디론가 사라지고 말았다.

산새와 스님은
아직도 신뢰를 쌓고
해마다 번갈아 가면서
함께 안빈낙도安貧樂道를 즐긴다.

찻잔과 무릎 곤줄박이

곤
줄
박
이
왕   곤줄박이는 사람을 참 잘 따른다.
초   함께 십 이년을 지낸 곤줄박이 왕초는
와   여러 마리의 곤줄박이를 거느린다.

곤   자기 짝을 느티나무로 데려와 땅콩을 물어다 주고
식   다시 찾아와 어디론가 함께 사라진다.
이

형   짝에게 경제력을 과시한다.
제   곤돌이 왕초는 곤순이를 만나서 곤식이를 키운다.

    땅콩을 물고 가서
    조금만 남겨서 주는데
    곤식이 두 마리는
    곁에서 아양을 떨다가
    겨우 조금 남은 먹이를
    얻어먹는다.
    성에 차지 않은 곤식이
    드디어 스님에게 찾아오니
    곤돌이 왕초 즉시 날아와
    나무란다.

    너는 아직 사람들의 손에
    가지 마라 곤식아,
    곤식이 떼를 쓴다.

곤줄박이 왕초가 곤식이를 훈계하는 모습

곤식이 형제의 다정한 모습

먹고 싶은데 어찌해요.
그래도 안 된다고 단호하게 말한다.
산새 친구는 곤식이 형제 두 마리를
큰 방에 불러서 15분간 훈계한다.
너희들은 왜 어미 말을 안 듣니?

은선 폭포의 할머니가
산새에게 먹이를 주었는데
미식가가 땅콩으로 유인하여
새를 잡아갔단 말이야
그러니까 나에게도 오지 말고
어미한테 먹이를 받아먹어라.

한동안 어미 말을 잘 듣는가
했더니 곤식이 두 마리가
서로 자기 스님이라고
한 손에서 쟁탈전을 벌이다가
약사여래불 앞에서는 형 아우 하면서
다정히 앉아 모습을 취한다.

감사한 일이다.
나무 약사여래불.

곤식이 법당 참배

동
고
비

잿빛 외투에 갈색 치마를 두른 것처럼 날카로운 사나이.
기왓장에 거꾸로 매달려 순서를 지키는 사나이.
무질서한 곤줄박이보다는 한 수 위인 멋쟁이.
저축성이 강한 투지의 사나이.

곤줄박이가 숨겨둔 땅콩을 가져가도 또다시
숨겨두면 된다고 하는 의리의 산새다.
힘은 강하지만 싸움은 걸지 않는다.

쪽수가 많은 곤줄박이가 달려들었다가
부리가 더 뾰쪽하고 긴 동고비를 만나면
한방에 항복하고 자리를 내 준다.

그 덕분에 방안을 차지하면
동고비는 땅콩을 방안 문틈에 먹이를 숨긴다.

문구멍으로 곤줄박이가 들어와 훔쳐 가도
아무런 신경도 쓰지 않고
또 저축하는 저축왕 산새
그대는 진정한 멋쟁이.

동고비 법당 전경

계룡산의 어원은
동쪽에서 금계 포란 형이고
서쪽에서 비룡 승천 형이다.

금계암 바위

동쪽의 계자와 서쪽의 룡자가
합쳐진 이름이지만
개산 당시에 금계가 살았다고 하여
갑사에는 계명암이 바위에 새겨져
금닭이 바위에서 울었음을 증명해준다.

계룡산 갑사구곡에도 금계암에서
하늘의 새, 천조인 금닭이 새벽을 알렸다고 한다.
천 년 동안 살아온 금계가 신원사에서
산새 친구에게 발견되어 또 한번 세상을 놀라게 한다.

황금빛과 청록색의 조화로운 금계가 대밭 위를 날아서
감나무 꼭대기에서 여명의 함성을 지른다.
꼬기요 꼬~~라고.

우리는 당장 보이지 않으면 거짓이라고 말하지만
한 장의 사진이 그를 대변해 준다.

자연 금계

금
계

방
생

계룡산 자연금계가 사라지고 난 후
산새 친구는 낙심에 빠졌다.

금계는 중화에서 조선의 임금 생일에
선물했다는 기록도 있지만
부처님 당시에도 백학 공작 앵무 사리 가릉빈가가
야생에 살던 것이 아니던가?

금계 한 쌍씩 사다가
마당에 풀어놓으면 날아가고 세 번이나 거듭했더니
연청봉 수도암 정안에서 보았다는 전갈이 날아온다.

금계 방생

얼마나 다행한가!
예전에 강화도에서도
자연에 금계가 살고 있다고
사진을 찍어 올리듯이

자연에 아름다운 공작이나
금계가 찾아올 때
환희롭지 않겠는가?
금계 소리 들려 올 때
세계평화 이룩하네.

백제 왕가는 견진 스님
작사하여 지금까지
합창단이 부른다네.

산불 속에서 불을 달고 날았다고 하여
화조 또는 불사조라 부른다네.
산불 예방 재앙소멸
금계가 최고라네.

산새들의 노랫소리

산새들의 울음에는
특이한 소리가 들린다.

능수능란한 노래의 꾀꼬리
탁란을 즐기는 뻐꾹새
휘파람을 부는 휘파람새
고향이 그리워 우는 소쩍새
신나는 아침을 알리는 까치
구슬픈 사연을 알리는 까마귀
한밤중 전설의 고향가를 부르는 부엉이
구구단을 외우는 산비둘기
위험을 알리는 호랑지바뀌새
머리 깎고라는 듯 울어대는 검은등뻐꾸기새
사람 말을 따라 하는 구관조.

저마다 좋아하는 소리로
이 세상의 아침과 저녁을 알리는
노랫소리는 화음을 연출하듯
소리 공연을 하는구나.

이 세상에 꽃이 없으면
눈이 쓸쓸하고
아름다운 새소리가 없으면
귀가 허전하고
노래와 사랑이 없다면
마음이 외로워
새 보다도 더 고독한
울음소리를 들을 거야.

다행히도 꽃과 새와
노래와 사랑이
덩실덩실 춤을 추니
살만한 세상이로다.

극락 천당에도
백학과 공작이
주야 육시로 화음의
노랫소리가 들린다.

곤줄박이 모자위 비상

산
새
들
의 묘
기

산중에 살다 보니 자연과 더불어 숨을 쉬네.
세상 사람들은 문화생활을 즐기지만
산새들과 벗하는 것도 최상락의 방편이네.

산새들과 함께 차 마시고
산새들이 머리에 앉고
상사리 존자를 닮아가네.
한란과 복주머니난을 방안에 두고 보면
산새들이 신기하게 그 자리에 앉는다네.

형광등 줄 타고 놀다 피로하면 달려와서
동자의 머리에 앉고서는 무얼 달라 조르는가.
땅콩 호두 잣을 주면 순식간에 해치우고
온방에도 배설하여 치우느라 쉴 새 없네.

한잔의 끽다거喫茶去는 조주 스님의 이름표나
세상 사람 함께 하니 다반사의 향기요

절묘한 산새묘기 즐겁기 한이 없네.
부설거사 신통묘용 방안에서 혼자 보네.

다관 위 곤줄박이

다관 위 쇠박새

곤줄박이 불화 감상

불
화
감
상
佛
畵
感
想

산새들이 많을 때는
이 방 저 방에 두 마리가 들어와
저들끼리 좋은 자리 차지하려
시계탑을 노린다.

산새 친구 염불하면 법당으로 날아와서
문안 드리고 불화도 감상한다.
곤줄박이의 법당 문안 인사이다.

신비한 새 장면은 순간 포착이 아니면
말로는 설명 못 한다.

어쩌면 명장면이 찰라 간에 일어나서
항상 대기하고 나면 좋은 작품 완성된다.

어쩌다가 바라보면 신비하기 끝이 없다.
새와 나비 친구삼아 계룡산에서 놀아보세.

올해 처음으로 산새 친구 방을 찾아온 손님.

밖에서 며칠 문을 쪼아대더니 드디어 문구멍으로 출입한다.
스님 방에 처음이라 어리둥절하지만
곳곳에 산새의 흔적을 보고 마음이 편해졌는지
스님의 머리와 핸드폰에 앉아서 골똘히 생각한다.

가장 신기한 것은
동자승이 목탁 치는 모습을 보더니
그 앞에서 고개를 숙이고 기도한다.

참 신기한 일이지만 늘 있는 일이라 대수롭지 않게 생각한다.
한두 해 동안 곤줄박이가 드물게 보이더니
이제는 두 번째 왕초가 되어도 되겠다.

바쁜 볼일을 뒤로 미루고 산새들과 마주하고
토닥토닥 이야기하는 재미는 쏠쏠하다.

연약한 산새가 새로운 세상을 본 것처럼
건강하고 활기차게 살아갔으면 하는 바람이다.

기도를 마친 곤줄박이가 방 안에 켜 둔 촛불을
온몸으로 끄고 말았다.

다친 곳 없이 활발하게 날아간다.
계속 목탁을 치는 동자승의 목탁 채를 물어
쉬엄쉬엄 쉬어가며 기도하라고 권한다.
이런 진풍경은 산새만 알고 있는 비밀이다.

곤줄박이 기도하는 모습

박새와 곤줄박이의 화합 생활

곤줄박이는 무리 지어 산다.
누가 뭐래도 서너 마리가 모여도
셋이 모이면 화합하고
넷이 모이면 서열 싸움이 시작된다.

부처님의 미소 액자에 다소곳이 앉아
삼총사의 화합이 이루어지지만
박새 부부가 들어오면 우리가 선임자라고 짓는다.

그러거나 말거나 박새 부부는 합심하여
사이사이를 밀고 들어가 함께 다정히 지내보자고 한다.

큰 싸움은 벌어지지 않지만 왕초가 죽은 뒤
곤줄박이 넷이 모이면 그중 수컷이 다른 수컷을
혼내주거나 내쫓는 전투가 벌어진다.
방안은 온통 시끄러워진다.
싸움을 일으킨 수컷을 훈방하면 다시 평화가 찾아온다.

복주머니난에도 앉고
풍경소리 액자에도 들어가 포즈를 취한다.
곤줄박이와 박새는 허물없이 방 안에서 친구처럼 지낸다.
방안의 수용 산새는 다섯 마리까지다.

곤줄박이와 박새 두마리   곤줄박이 삼총사

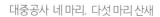

대중공사 네 마리. 다섯 마리 산새   박새 묘기 한란

쇠
박
새

작디작은 산새 중에 귀여운 녀석이다.
가끔 깜짝쇼를 보인다.
가느다란 한란에 앉아 포즈를 취하기도 하고
스님의 머리나 양말을 목탁 치듯 두들겨 팬다.

스님이 커피를 마신 후에 자판기에 떨어지는
커피를 찾아서 먹기도 하는 신기하고 귀여운 녀석이다.

밖에서는 곤줄박이 무리에 치여 땅바닥에서
모이를 주워 먹던 쇠박새가 한 해는 스님과 하룻밤을 자더니
작은 새가 큰 새에게 텃세하는 것을 보았다.

부처님 미소 액자에 곤줄박이가 앉으면
이 액자도 내 것이라고 우기며 옆자리로 가서 앉고
곤줄박이가 차를 마시려 해도
쇠박새가 다른 잔에 먼저 앉아 차를 마시고
곤줄박이는 텃세하는 모습에 어리둥절하여 천천히 마신다.
그러나 밖에서처럼 쇠박새를 쫓아내지는 않는다.

자고로 묘기를 잘 부리고 액자 뒤로 숨기도 잘하는데
포악한 곤줄박이를 만나면 지옥행이다.
새 중에서 항상 보살펴 줘야 하는 연약한 여인이다.

쇠박새와 곤줄박이

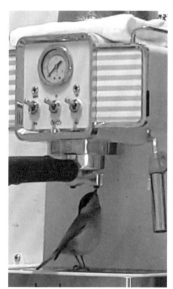

커피 마시는 쇠박새

차 마시는 쇠박새

박
새

부
부

박새는 부부끼리 우정이 돈독한 것 같다
어쩌다 보면 통로에 함께 들어와 스님 방을 자주 들락거린다.

형광등 불빛을 좋아하여 늘 형광등을 감싸고 춤을 춘다.
곤줄박이가 조금 크지만
두 마리가 합세하면 그 기세 뒤지지 않는다.

곤줄박이 세 마리 박새 두 마리가
한 방에 세 차례나 들어왔다.
세상에 이런 일이 1,126회에 출연하는 계기가 되었다.

구애 실수

박새 부부

어느 날 곤줄박이가 실수하여 땅콩으로 박새를 주려 한다.
너무나 황당한 박새는 어리둥절하여 도리도리한다.
그야말로 구애 실수다.

진박새 박새 쇠박새 중에서
박새가 제일 화려하고 멋있고 인간미가 넘친다.
흰 가슴에 검은 넥타이를 두른 점잖은 신사 부부다.
미소와 풍경소리 액자 속에서 스님과의 사랑을 이어간다.

풍경소리 액자 속의 박새

노
랑
할
미
새

어릴 적 물가에 가보면 하얀 할미새가 자주 보였다.
특히 버들가지 속에서 둥지를 만들고 새알을 낳는 것을 보아왔다.

그런데 노랑할미새가 약수터 주위를 살피다가
불과 70센티미터 높이에 둥지를 짓는데 모른 척해주었다.
어느새 다섯 개 알을 낳았다.
약 두 주 간 부화를 거쳐도 서로 눈을 마주치지 않았다.
드디어 네 마리의 새끼가 세상에 나왔다.

두 부부는 열심히 새끼를 키우는 모습이 정다워 보였다.
그런데 어찌 된 일인가?
하루아침에 날벼락이라고 도둑고양이가
하룻저녁 식사용으로 노랑할미새 새끼를 먹어버렸다.

실망에 빠진 어미는 그래도 새끼들에게 줄 먹이를 찾아 헤매다
돌담 사이에서 독사에게 잡아먹히다니
엎친 데 덮친 격이라고 불과 하룻밤 사이의 청천 날벼락 같은 일을
한 마리의 노랑할미새는 감당할 수가 있을까?

나무아미타불 나무관세음보살
다섯 마리 노랑할미새 극락왕생하옵소서.

노랑할미새

진박새가 둥지를 짓다

진
박
새

박새 중에는 쇠박새가 제일 작고
다음이 진박새, 박새는 조금 큰 편이다.

진박새는 좀처럼 얼굴을 보이지 않는다.
진가를 올리려고 하는지 처음으로 둥지를 만들려고
스님의 겨울 털신에서 솜털을 뽑아다가
알을 낳기 전에 마무리 작업을 하려고 신발 위에서 만났다.

억척스럽게 털을 한 모금 입에 물고 어디론가 사라진다.
그리고는 수도 없이 신발의 털을 뽑는데
곤줄박이와 경쟁이라도 하듯이 털을 뽑는다.

아무래도 새알을 다치지 않게 놓고
빨리 부화하려다 보니 재료감이 최고인가 보다.
그리하여 철이 지난 털신을 새를 위하여 밖에 둔다.

그것도 오뉴월이 지나면 진박새의 모습은 사라진다.

천 마리 되새가 고왕암을 찾아오다

눈이 온 암자에 경사가 났다.
한꺼번에 왁자지껄하는 소리가 도량을 메웠다.
도대체 어찌 된 일인가.

아침부터 저녁까지 온종일 천여 마리의 새가
사람이 문밖으로 나가면 운무를 그리고
이삼백 마리씩 다시 돌아오는 것이 아닌가?
그리고는 다시 먹이를 찾아 먹는다.
백왕전에서 해우소까지 새까맣게 앉아서
느티나무 씨앗인가를 발견하고 이삼백 미터의 상공에서
씨앗의 조감도를 살펴본 것이다.

직박구리가 조금 더 크지만
쪽수를 펴지 못하고 오히려 나를 찾아와
대관절 어디에서 이렇게 많은 새가 왔나요? 라고 물어본다.

새 사진을 찍어서 종기 친구에게 물어보니
스칸디나비아에서 날아온 철새인데 되새라고 한다.
친구가 새 도록과 나비 도감을 주문하여
산승에게 보내준다고 한다.
참으로 고마운 일이다.
그 후로는 나비 이름과 새 이름이 궁금할 때마다
찾아보니 해답이 거기에 있다.

대전의 수목원 옆 천연기념물 전시관에서 처음 본 팔색조.
그대의 옷은 여덟 가지로 일곱 가지 무지개보다도
한 단계가 더 있구나.

산새 친구가 금계를 방생한 지 얼마 되지 않아서
출퇴근하는 공양주가 전갈이 온다.
금계 새끼가 나타났다고….
황급히 달려가 보니 어둠이 짙은 나뭇가지에 뭔가가 두리번거린다.

간신히 사진 몇 장을 찍어보니
정말로 이 산중에서 보기 드문 희귀한 새였다.
다음날에도 나타났다기에 또다시 내려가
소중한 손님을 맞이한다.
팔색조가 지렁이 사냥을 하느라 동영상엔 관심 없어 보인다.

거의 2미터 안쪽인데도 어제 보고 또 봐도 나를 해치지 않은 스님.
계룡산 국립공원 50주년 행사에
새 사진 나비 사진 도록 두 권 빌려주었더니
혜성처럼 나타난 그대, 그대 이름은 팔색조.

팔색조 사진으로 책받침을 만들어 보내온 계룡산 국립공원.

팔색조

호
반
새

호수와 벗을 삼아
생사를 같이하고
크나큰 부리로
양서류를 즐겨 먹네.

어느 날 허공을 가르며
붉은 물체 지나가는데
계룡산 국립공원
깃대종 호반새라 하네.

붉은 새와 청호반이 어울리면
남과 북이 평화롭고 다정하며
호숫가의 물고기가
승천하며 헌공하네.

강호연파 풍경 속에
대자연에 집을 짓고
새끼 길러 성장하면
남쪽으로 떠난다네.

호반새

휘
파
람
새

방
생

산새들은 별의별 소리를 내지만
해우소 근처에서
휘파람 소리를 내는 새소리를 자주 듣는다.
특이한 소리를 내는구나 하고는
별 신경을 쓰지 않았다.

열어둔 해우소 문을 통해
사람들이 들어오니
후다닥 그물망에 달려들어
종일 해방을 외친다.

날아 들어온 통로로 날아가면 되련만
굳이 하늘이 선명하게 보이는
그물 창을 선택하여 창공을 나른다.

사람들이 해우소 안으로 들어오면
더욱 요란하게 날갯짓으로 외쳐본다.

푸드덕 푸드덕
나 좀 살려줘
나 좀 밖으로 보내줘
몇 시간을 외쳐도 공허한 메아리뿐
누구 하나 거들떠보지도 않는다.

어쩌다가 산새 친구의
도움을 받지만, 완강히 거부한다.

종일 그물 철망에
사로잡혀 탈진에 빠진다.

해우소 바닥에서
지칠 무렵에 산새 친구는
산새를 앉고 방생한다.

잡혀 죽었다고 생각한
휘파람새는 어리둥절하여
날아갈 줄을 모른다.

날아 가라 해도
날아가지 아니하고
이리저리 어리둥절 살펴본다.

휘파람새 해우소에서 방생하다

죽을 뻔하고 구사일생으로
산새 친구의 도움으로
자유를 향하여 날갯짓한다.
고마워요. 우리 스님.

산새

후
투
티

새 중에서 상투를 하고 살아가는 멋진 새가
계룡산 신원사 고목에 둥지를 만들었다.

수많은 사진사들이 망원렌즈를 완전가동 시키며
새끼에게 먹이 주는 장면을 찍으려 한다.

날개를 펼치면 아주 멋진 부채 생겨나고
평소 땅바닥에서 통통거리며 벌레를 잡아 먹는다.

희귀한 새이지만 우리 모두의 보살핌 없이는
오랫동안 멋진 새를 관람할 수가 없다.

부사관 계급장을 매달고
다섯줄 무늬가 너울거린다.

나그네 새라기엔 7개월간 새끼를 기르며
살아가는 모습은 해마다 관찰하는
텃새보다도 아름답다.

깃대종으로 모셔도 손색이 없을 정도로
보기 드문 희귀종이다.

후투티

붉은머리오목눈이

대숲 사이에서는 항시 지지배배 하는 오목눈이 소리가 들려온다.
사람들과 자주 스치지만, 일부러 곁으로 오는 법은 없다.

그런데 어찌 된 일인가?
붉은머리오목눈이에게 세상으로 나왔다.
서너 마리가 약수터에서 서성이다가
한 마리가 약수 한 모금 마시고는 미끄러워 주저앉는다.

날씨는 춥지 않아 다행이지만 비행에는 장애가 있다.
동자승에게 말을 건넨다. 나 옷 좀 말려주라.
묵묵부답인 동자승은 물끄러미 나를 쳐다본다.

아이 이를 어쩌나 산승은 붉은머리 오목눈이에게 등을 내어준다.
오목눈이가 얼른 알아채고 어깨 위로 올라가 소리 지른다.
야! 성공이다. 만세.

붉은머리 오목눈이

산승은 어깨에 산새를 두르고
아미타불을 참배하고 큰방으로 돌아온다.
그런데도 균형을 잃지 않은 오목눈이
큰방에서 공양주를 맞이한다.
서로 눈빛을 교환한 오목눈이는
공양주 어깨를 다리 삼아 밖으로 날아간다.

이 아름다운 광경은
인간과 자연의 조화 속에 웃음꽃이 피어난다.

오목눈이와 동자승

딱
새

부리로 목탁 치듯
딱 딱 딱 딱새들이
산 여치 잡아주는
고마운 산새이다.

아름다운 꽃의 목을
삭둑삭둑 잘라먹는
산 여치 무리가
한꺼번에 나타나서

꽃을 좋아하는
산새 친구 고민거리
한꺼번에 해결하는
고마운 새 딱새 여인

모과나무 끝에 앉아
천하 호령하실 적에
산 여치는 법당으로
문살 속에 숨어있네.

딱새 새끼 방문

삼베옷도 갉아 먹고
봄에 핀 꽃 요절내고
문틈에다 배설하고
해충이라 부른다오.

딱새 새끼 잘못 날아
스님 방 앞 통로에서
곤줄박이 왕초를 마주치니
주지 방으로 찾아오네.

도와달라 애원하니
하룻밤을 지낸 후에
어미 소리 얼른 듣고
자유 찾아 날아간다.

모과나무 위 딱새

큰유리새와 새끼 이소

큰 유리 새

유리새는 신선한 길조처럼 살아간다.

엄청나게 예민하여 새끼들을 키우다가
세상 사람이 둥지를 발견하면
둥지를 평탄하게 하고 새끼들을 옮겨간다.

잉크색 옷을 입고 하얀 배를 드러내고
암컷은 갈색처럼 드러내길 싫어하네.

까치처럼 날지만, 둥지는 엄호하여
사람 눈을 따돌리네.

유리는 과거에는 보석이라 불렀지만,
지금에는 반짝반짝 유리구슬 취급하네.

유리새도 산중에는 신사 같은 멋진 새라
새끼들이 이소할 때 철두철미 날아가네.

직
박
구
리

계룡산 대밭에서
소리 없는 총성이 울려 퍼진다.
까마귀도 철새거니와
언제나 집 지키고
용맹 무사 따로 없네.

겨울철에 은근슬쩍
홍시 하나 밖에 두면
곤줄박이 박새들은
접근조차 못 한다네.

화분 위의 음식쓰레기
일등으로 처리하네.
되새들이 찾아와도
텃세 한 번 안 부리네.

스님이 주는 땅콩
넙죽넙죽 받아먹네.
자기들끼리 하는 말이
고래 소리 들려올 세.

우렁찬 힘 날쌘 동작
건강 절로 생겨나네.

직박구리

찻잔 곤줄박이

쇠박새와 한란

나의 둥지 곤줄박이

고왕암 왕초

계성변오 춘우성溪聲便誤 春雨聲
계곡의 물소리 문득 빗소리로 생각했는데

청양세탁 풍진우淸陽洗濯 風塵憂
맑은 태양이 번뇌를 씻어주니
근심이 사라지네.

산조전심 미묘법山鳥傳心 微妙法
산새들이 웃음으로 마음을 전하니

산승자비 시음식山僧慈悲施飮食
산승이 자비로 그대를 쓰다듬네.

산새의 등을 쓰다듬는 견진 스님

자연곤충
문화사찰

고
왕
암
노
송

노송의 나이는 무엇으로 세는가.
일년생을 기준으로 굵기를 세어야 할 것이다.

우리는 수백 년 풍파 속에서 자라온
고목들에게 인색한 게 민망스럽다.
나무 수령의 대우를 못한다.

바위틈에서 천수를 기다리면서 자라온 노송은
비가 오면 약사여래불의 우산이 되어주고
해가 뜨면 약사부처님의 일산이 되어
신장처럼 도량을 지킨다.

고왕암 노송

고왕암 사방 수호신은
동쪽에 배롱나무
서쪽에 모과나무
남쪽에 느티나무
북쪽에 왕송이다.

배롱나무는 목백일홍이라
붉은 기운을 내려주고
모과 열매는 황금이라
재산을 늘려주며
느티나무는 천연기념물이라
천수로 씨앗을 뿌려
천 마리 되새를 부른다.

노익장을 자랑하는 소나무는
고왕암의 보물이라
아직도 푸르게 푸르게
청춘과 젊음을 뽐낸다.

노송과 약사여래불

보름달과 달등 소원

정월 보름날은 만월이라
달이 가득 차도다.

초하루에 시작한 달
보름에야 토끼집 짓네.

우리 모두 합장하고
소원 빌어 기도하세.

상월에서 달집 태우고
하늘 향해 기원하니

월광보살 화현하여
인사말을 하는구려.

보름날은 명절이라
윷을 놀고 그네 타고
친지 간에 우애롭고
마을 간에 화합할 세.

정월 추석 할 것 없이
내 마음이 달 등이라

조금씩만 베풀어도
동네잔치하고 남네.

죽기 전에 너도나도
한마음 한뜻으로
마주 잡고 놀아보세.

강강술래 하다 보면
월궁의 항아 선녀가 비단옷을 입고
아름답고 멋지게 하강하네.

보름달과 달 등

오매불망梧梅不忘
오동나무의 곡조와 매화 향기를 잊지 마라.

오동천년곡梧桐千年曲
오동나무에서는 천 년의 곡조가 들리고

매화만리향梅花萬里香
매화의 향기는 만 리나 퍼진다.

봉황숙동지鳳凰宿桐枝
봉황은 오동나무에서 잠들고

해귀락만수海龜樂萬壽
바다거북은 만수를 누린다.

신원사 홍매화

차란 우리 문화에 없어서는 안 될 전통이다.
다례가 차례로 변하여 우리는 부처님께
다기에 차를 올리고 조상님께 차로 제사를 지낸다.

조주 스님도 모든 사람에게 끽다거*를 권한다,
차의 글자 속에 숫자가 108을 나타내지만
우리는 차를 마심으로 인해 속박된 번뇌를 씻어낸다.
석굴암의 문수보살도 찻잔을 바치고 본존불께 차 공양을 올린다.

차나무는 신라의 대렴이 당나라에서 차 씨앗을 가져와
선덕여왕이 지리산에 차나무를 심으라 하였다니
천 년의 차 문화 속에 살고 있다.

차꽃은 순백색의 꽃망울 속에 금가루를 간직한 채
초의 선사의 차 문화가 꽃을 피우고
우리 가슴속에 면면히 이어져 오는 것 같다.

우리에게서 다반사*란 말처럼
차를 마시며 마음을 즐겁게 하는 것이다.

다선일여茶禪一如라 했던가?
차 문화 속에는 보배 같은 지혜 광명이 우리의 건강을 지켜준다.

---

*끽다거(喫茶去): 옛날 당(唐)나라 조주 스님께서 손님이 찾아와 불교에 대해 질문을 하면 '차 한 잔 마시고 가라'고 권한다는 것에서 유래된 말.
*다반사(茶飯事): 밥 먹고 차 마시는 것처럼 일상생활을 말함.

동방예의지국의
차 문화는
조용한 아침의 나라에
새로운 지평을 여노라.

공자가 죽기 전에
한번 가보고
싶어 했다는 나라가
대한민국이다.

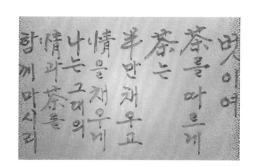

茶를 따르게
茶는
半만 채우고
情을 채우게
나는 그대의
情과 茶를
함께 마시리

차꽃

고왕암 일몰

계룡산에서 자연을 노래하다

고
왕
암

낙
조

태양의 떠오름은
신비의 기상이고
일몰의 그리움은 황혼의 노을이라
연초는 일출을 바라보고
소망을 빌었지만,
연말은 지는 노을 바라보고
새 출발을 기대한다.

저녁이면 어김없이
해가 질 때 따라오는
달이 보이면
일락서산 월출동*日落西山 月出東이요
해가 질 때 따라오는
비행기가 나타나면
금오 속에 혜성처럼
순식간에 섬광 되리
낙조 광명 포착하면
일출보다 찬란하네.

뜨는 해와 지는 해는
환상처럼 아름답네.

*서산에 해가 지니 동쪽에 달이 뜨네.

이끼도롱뇽 / 황금도롱뇽

계룡산 고왕암 석정은 정도령 비서에도 나올만한
천황봉 아래의 우물이라오.

돌석 자에 우물 정石井
사방 석간수가 모여서 일급수를 생산한다오.

어느 날 불자에게 석간수를 자랑하다가 깜짝 놀란 것은
쥐새끼 같은 물체가 석간수에 노닐고 있기에 얼른 바가지로 퍼 보니
다름 아닌 이끼도롱뇽의 어미가 만삭이 된 채로
배영의 춤을 추고 있지 않은가?

이끼도롱뇽(황금도롱뇽)

그래서 맷돌에 물을 담고 도롱뇽을 방생하고 설득했지요.

네가 석정石井에 알을 낳고 새끼가 수로를 막으면
물의 통로를 뚫다 보면 새끼가 철사줄에 죽을 수도 있으니
융피굴로 가서 살라 했더니
다시 석정으로 돌아가니 재차 간곡하게 타일렀는데
말귀를 알아들은 도롱뇽은 한 달간 보이지 않더니
한밤중에 새끼들이 꼬물꼬물 후원에서 나타나네.

해마다 여름이면 약수터 물가나 우산이끼가 많은 곳에
도롱뇽이 알을 낳고 새끼들을 키우는 모습이 정겹기만 하다오.

어느 가을날 어마어마한 황금 도롱뇽이 기왓장 속에서
왕초의 행세를 하는데 그 모습이 보무도 당당하다네.

이끼도롱뇽 새끼

얼음 산신령과 나반존자

대체로 고드름은
정월 초하루에서 보름 사이에 자주 발생한다.

고드름은 위에서 아래로 자라나지만,
융피굴과 삼성단에는 거꾸로 자라나는 고드름이 생겨난다.
수십 년 만에 한 번 생길까 말까 하는 고드름이 나타났다.

산왕대신 자리 옆에 뫼산 자 모양의 고드름과
나반존자 비석 위에 수도하는 나반존자가 실제로 나타났다.
산의 형태를 나타내는 산신령님이 화현했다.

어쩌면 나반존자가 바룻대를 놓고 앉아
기도 합장하는 모습까지 갖추어 나타나니
신통 제일 나반존자가 아니고 무엇이겠는가?

얼음 계룡산 산신령님
얼음 나반존자님
사진으로나마 영구히 보존하여 드리라.

나무 산왕대신이시여.
나무 나반존자님이시여.

산왕대신 얼음

나반존자 얼음

계
룡
산 담
 비

계룡산에는 희귀한 동식물이 함께 살아간다.

산새는 아름답게 지저귀고
나비는 너울너울 춤을 추고
꽃들은 방긋방긋 웃고
멧돼지는 음식물 쓰레기를
말끔히 처리한다.

계룡산 담비

그런데 담비는 무얼 먹고 사는가?
꿀을 좋아한다고 하더니
토종벌이 백왕전 마루 밑에
숨어들어 먹을 것이 귀하도다.

어쩌다가 귀한 떡이 상하여서
돌담 위에 올려두니
담비란 놈 향기 맡고 한꺼번에 요절냈네.

그런 후에 노송을 둘러앉고
산승을 바라보기에 합장하고 인사하니
그 모습을 어찌 알고 수십 번 고개 숙여 합장하네.

참으로 신기하다.
옛말에 담비가 셋이 모이면
호랑이도 잡는다고 하거늘
너는 어찌하여 합장* 저두** 통달했나?

검은색과 황금색이 어우러져 계룡 담비 만들었네.
산신령님 대신하여 문안 인사 왔다고 하리.

*합장(合掌): 두 손바닥을 합하여 마음의 한결같음을 나타내는 불교 예절. 산란한 마음을 일심(一心)으로 모은다는 뜻이다.
**저두(低頭): 합장한 자세로 머리를 15도 각도로 숙임

왕잠자리

송광사 선원에서 포행하다가 왕잠자리가
물에 방아를 찧는 모습을 보고 공연히 숫자를 세었는데
공교롭게도 오백 번에 잠자리가 하늘로 날아가 버렸다.

잠자리야, 잠자리야, 잠자리야.
너는 이생에 잠자리로 태어났지만,
내생에는 나와 함께 참선 정진하자꾸나.

여름날 방문을 열고 대중 스님들과 참선하다가
살짝 눈을 떠보니 아까 그 왕잠자리가 함께
방안의 벽에서 좌선하는 것을 보고 깜짝 놀랐다.

미물이라도 사람의 말귀를 알아듣고 방안까지 들어와서
참선 수행을 이승에 함께 하다니 왕잠자리와 그때부터
도반의 인연을 맺었다고 이제는 말할 수 있다.

왕잠자리

길
앞
잡
이

예전에 소 풀 먹이러 가던 중
뭔가 앞에서 폴짝폴짝 날아갔다.
조금만 앞으로 다가서면
길 안내라도 하듯이 앞장서서 날아간다.

비단 옷에 날개를 펼치고 사뿐사뿐 앞장서 갔다.
우리는 뒤늦게 그 벌레가 길 안내자라는 사실을 실감케 한다.

계룡산 고왕암에서도 사진을 찍으려고 다가서면
앞으로 앞으로 전진하면서 날아간다.

작은 날개 속에 보석을 감추고
선지식의 등불을 밝혀가며 앞으로 전진한다.

길앞잡이

175

우
산
이
끼

약수터 우물가에 초록우산 들고
속삭이는 아낙네들 아기자기 소꿉장난

습기를 빨아먹고 풍요로운 파라솔이
영역확장 하면 우산 세상 이루리라.

잡초로 잘못 알고 싹쓸이당하면
세상천지 참모습이 한꺼번에 사라지네.

초등 교과 나오고서 관심 있게 바라보니
학습의장 보고 배워 우산 천국 만들었네.

도롱뇽이 알을 낳아 새끼들을 품을 때에
우산이끼 방석 삼아 놀이터로 활용되네.

우산이끼

옥색긴꼬리산누에나방과 왕물결나방

산속에서 어둠에 싸여 라이트를 밝혀두면
제일 먼저 찾아온 님 다름 아닌 나방이네.
그것도 화려하게 옥색긴꼬리산누에나방
나비처럼 귀엽다네.

밤중에는 야광처럼 밝게 태어난 나방이
제일 먼저 출두하고 어디선가 무게 잡고
보일 듯 말 듯 무시무시한 나방이
대낮에 본색을 드러내니 그 이름이 왕물결나방이라네.

임금 왕 자를 몸에 그리고 물결처럼 춤을 추니
그 누가 반항하리.

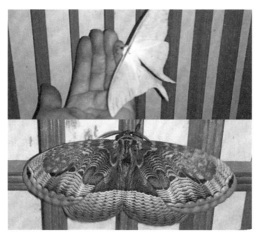

옥색 긴꼬리산누에나방

왕물결나방

자연 곤충 문화 사찰

177

한사상춘화閒寺嘗春花
한가로운 사찰에서 봄꽃을 즐기네.

춘천풍광 사중한春天風光 寺中閑
즐거움이 넘치는 봄날 한가로이 절에 있으니

요요진계 사주가擾擾塵界 似蛛家
어지러운 티끌세상 거미집과 같구나.

홍화염화 여연지紅花艶花 如臙脂
붉은 꽃 요염한 꽃 두 볼에 연지와 같고

한사산승 상화락閑寺山僧 嘗花落
한가로운 사찰에서 봄꽃이 흩날림을 맛보네.

다관 위 곤줄박이

태화산泰華山 마곡사麻谷寺

태화산과 마곡사는
자장율사의 수행처요.
어린아이 잠재울 때
자장자장 하듯이
큰 깨달음의 고향이라오.

태화산과 태화강은
자장율사의 의지처요.
어린아이 잠재울 때
자장자장 하듯이
큰 인물의 고향이라오.

삼밭에 자라나는 쑥대처럼
선한 인연 만나면
저절로 선한 사람 되듯이
마곡은 큰 인연의 터전이라오.
마곡은 참사람의 옛 절이라오.

청
송
에

백
학
이

춤
을

추
네

눈이 덮은 노송의
절개와 기품은
억만고의 짓누름을
이겨낸 장송이라
낙락장송落落長松이라 하고

흰 날개 검은 눈동자
누가 봐도 천사 얼굴
오래 사는 비법을
알려달라 했더니
적은 욕심과
소식小食지족知足이라오.

청송에 백학이 앉으면
한 폭의 그림이 남게 되고
청송에 백학이 날아가면
천상天上의 흰 구름이 선녀 되어
비천상飛天像을 그린다오.

낮에는 흰 구름을 바라보고
밤에는 달빛 아래 거닐면
간운보월看雲步月이 되고
청송백학 어우러져
최상작품 완성하리.

진나라 좌사 시인
삼도부를 십년감수 완성하니
갑자기 종잇값이 뛰어올라
낙양지귀洛陽紙貴가 되었다네.

종이도 천만금 작품도 억만금
무가보無價寶라 이름하리.

곤줄박이 춤을 추네

고
왈
삼
무
故
曰
三
無

화개무성花開無聲이요
꽃은 피어도 소리가 없고

조명무루鳥鳴無淚라
산새는 울어도 눈물이 없으며

애화무연愛火無煙이니
사랑은 불타도 연기가 없어라.

고왈삼무故曰三無라
고로 이것을 삼무라 하네.

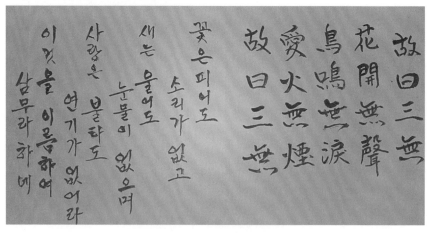

견진 스님 작품 「고왈삼무」

고
왕
암

설
경

지난밤 소리 소문도 없이
살며시 다녀간 선녀가

아름다운 수채화를 남기며
자취를 감춰버렸네요.

그녀의 향기는
기왓장에 묻어있고

나뭇가지에 살포시 앉아
꽃비를 뿌리며
햇살 사이로 스며드네요.

고왕암 설경

용피굴과 백왕전

의자왕의 명을 받아
월명암의 등운 조사
고왕암을 창건하고
융이 피난 왔다네.

당나라의 소정방과
김유신이 닥쳐올 때
마명암에 피신했다
북망산에 잡혀갔네.

융피굴과 천년굴은
피신하기 제일이네
계백장군 지키느라
연산에서 전사했네.

소서노와 백제왕을 추모하는
백왕전이 세워지고 견진종사
부임하여 해마다 추모했네.

남북통일 부강 나라
경제 대국 기원하고
우수한 대한민국
모든 나라 알릴 적에
금계 소리 들려와서
행복 나라 만든다네.

백왕전 백제 31제왕 풍태자 융태자 신위

천
년
굴
법
당

자연 동굴에 수미단을 차리고
한두 사람 정진하기 좋은 곳
무더운 여름철에
좌선하기 제일 좋네.

천년 이끼 묻어있는 굴법당이
육자염불 절로 나고
조향암혈 위염불당助響巖穴 爲念佛堂
원효대사 생각나네.

천년굴 법당

메아리가 울려 퍼지는
바위굴에서 염불하는
천 년 전의 그 모습이
바로 이게 아니런가.

통일신라 스님들이
계룡산에 모두 모여
고구려 보덕대화상
열반경涅槃經과 방등경方等經을
너도나도 경청하니
그중에서 결출한 이
원효元曉 의상義湘 아니런가.

원효대사 발심수행장發心修行章
서악西嶽 고악高嶽 일치하고
동혈東穴 서혈西穴 계룡굴鷄龍窟이
염불하기 제일이네.
나무아미타불 관세음보살.

모
과
나
무

어물전 망신은 꼴뚜기가
과일전 망신은 모과라 했던가?

모과의 작은 꽃은
옛날의 등잔불이요
고고하고 아름답기 짝이 없네.

모과나무는
수백 년 자라고 보니
등산객의 쉼터로 자리 잡네.

처음에는 모과가
한두 개 열 개 정도 열리기에
가지치기를 해주었더니
해마다 백여 개가 달려
모과차 만드느라 여념이 없네.

모과의 향기는
말로 해서 무엇하리.
모과의 약효는 설명해서 무엇하리.

모과꽃

고왕암에 불사하신
선남선녀의 선물로써 최고의 상품이네.

원효대사 님도
기찬 목과飢饌 木果하야
위기 기장慰飢 飢腸하고
굶주림에 나무 열매로
굶주린 배를 위로한다고 하였다네.

애명압조 위환심우哀鳴鴨鳥 爲歡心友
슬피 우는 산새 소리로
환심의 벗 삼았다오.

원효대사 발심 수행
계룡산에 보덕대화상
제자 되어 수행했네.

천태의천의 옛 시구에도
원효 의상이 보덕대화상의
열반경涅槃經 방등경方等經
강의 들었다네.

모과나무와 견진 스님

계
룡
산
고
왕
암
/
윤
충
尹
忠
의
시
詩

할머니 따라
고왕암 오르던 계룡산 숲길

아픈 다리 쉬며
한 모금 마시던 약수와
신록의 맑은 잎들

조용히 흔들어 일깨우던
추녀 끝 풍경의 작은 흔들림
그 아련한 기억

그래도 맞아주는
바람과 들꽃 몇 송이
기다림과 그리움도
보이지 않더니

나이가 이만큼 들어서야
옅은 안개 속
온 봄을 떠돌아다녔을
할머니의 염원이 담긴
기도의 종소리 듣는다.

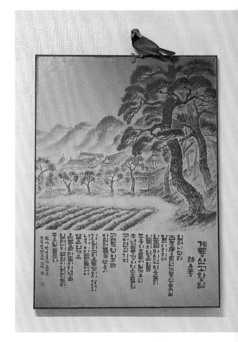

윤충의 시 / 곤줄박이

배초향과 차조기

우리 주위에 잡초처럼 자라지만
약효나 맛이 뛰어난 풀이 있다.

배초향과 차조기다.
배초향은 방아잎인데 독특한 향 내음으로
우리들의 입맛을 사로잡는다.

장떡도 해 먹고 된장찌개에 넣으면 입맛이 새롭다.
해열 해독에도 좋지만
우리들의 옛 맛을 살려주는 향수를 불러온다.

흰나비들도 배초향을 찾는 단골손님이다.

차조기는 붉은 깻잎처럼 생겼지만,
수족냉증이나 수면 부족인 사람들에게 크나큰 도움을 준다.

깻잎처럼 전으로 부쳐 먹으면
입속에서 사르르 녹아내릴 듯한 맛이 오래 남는다.

그래서 차조기라 했던가?
찰진 조기보다 우수하다.

세상에는 크고 작은 산불이
생활의 터전을 송두리째 앗아가고
벌거벗은 알몸으로 산을 지키는 울진 산불

화마로 인한 고통은
산이나 사람이나 동식물이나 모두가
초주검의 세계를 맛보는 것과 같다.

오죽했으면
선사가 법문하다가 심조 불산이라 하고
마음을 조심하지 아니하면
산에 불이 나서 우리 모두를 태우니
그것이 삼계화택이니라.

사연인즉 늘 법문을 적어주는 시자가 없어서
밖에 있는 현수막을 거꾸로 읽었더니
그것이 산불 조심이라 하네.

마음을 닦는 것과 지구를 지키는 것은 둘이 아니니
산은 산이요 물은 물이로다.

계룡산 화재진압 장면

우순풍조 국태민안 雨順風調 國泰民安

일상생활에 없어서는 안 될 사물은 물과 공기 그리고 햇빛과 바람
물이 좋으면 그것으로 만든 모든 것이 우수하고
물이 나쁘면 우리들의 육신까지도 황폐해진다.

물 분자 속에서 상대의 좋고 나쁨을 상대적으로 관찰하여
물에 좋은 말이나 글을 보여줘도 그 결정체가 육각수로 변하고
물에 나쁜 말이나 나쁜 글을 보여줘도 물 분자가 깨지면서
물체가 검거나 파열을 일으킨다.
일심이 항상 청정하면 내 몸이나 국토가 깨끗해지는 것과 같은 이치다.

물과 공기는 맑아야 하고 햇빛과 바람은 순조로워야 한다.
땅과 물 그리고 불과 바람 속에서 살아가는 우리네 인생은
항상 지구가 어떻게 변화해 가는가를 관찰하고
지구와 인간이 조화로운 삶을 추구할 때만이
인류의 피해는 적어질 것이다.
우리도 항상 우순풍조雨順風調 국태민안國泰民安을
기원하고 살아가는 것이 지구를 대하는 자세다.
지진과 태풍 그리고 화재와 홍수 기아와 질병 쓰나미와 전쟁
우리를 위협하는 천재지변을 잘 살피고 대처해야 한다.

비는 순조롭게 오고 바람은 조용히 불어오며 국가는 번성하고 태평하며
백성은 편안하여지라고 기원하는 마음의 자세가 중요하다.
천지신명天地神明께 우리의 안전을 기원하고 빌어보자.

자연은 스스로 그렇게 변해왔건만
우리는 자연의 혜택과 피해를 경험한다.
자그마한 돌과 나무꽃들과 새소리
산과 바닷속에 꿈틀거리는 신비로운 생동감

모든 것이 자연의 이치대로 살아가고 변해가지만,
우리의 작은 육신은 자연에서 의지하여 살다가
자연으로 돌아가기 때문에 죽음을 돌아가셨다고 말한다.

풀잎의 이슬이나 번갯불처럼 변화하는 몸짓이지만
어디서 왔다가 어디로 돌아가는지 알고는 가야 하지 않을까.

우리의 현주소는 지금이지만 내생의 거주지는 어디일까.
육신은 지수화풍地水火風
사대에서 왔다가 사대로 돌아가니
그대로 자연으로 돌아간다네.
마음은 정신에서 왔다가
허공으로 돌아가니
주인 찾아 회귀回歸하네.

자연을 사랑하면 국토가 천상天上인걸
오감이 없는 것이 우리네 실상實相일세
너도나도 이것을 알면 오감에 공포가 없네.

깨우침

참선 參禪

그대는 보이는가?
무엇이 보이는가?
아무리 보려 해도
번뇌만 가득하네.

하나가 만상이요
만상이 하나인걸
숫자로 보지 말고
무심으로 바라보게.

무심으로 들어가면
무기공적無記空寂 드러나고
본심으로 돌아가면
희미한 빛 보인다네.

선정의 꽃 언어로 하니
염화시중拈華示衆 웬 말인가
직지인심直指人心 견성성불見性成佛
도인 되어 토해보세.

참선

색^色과 공^空은 한 몸이라

색^色과 공^空은 두 곳의 끝점이라
색이 퇴하면 즉시공이요, 공이 생하면 즉시색이라.

색의 본바탕은 공이니 공이 주인이고 색은 객이라
객이 주인 되려 한다면 본 공을 알아야 하느니라.

그러므로 색 중에 공한 모양을 알아봐야 하고
공한 중에 색의 원소를 느껴야 하니
그야말로 색불이공이요 공불이색이 상통하느니라.

쇠박새와 한란

이 이치는 부처님께서 깨달음을 노래한 것이니
의심하고 알아채면 공한 가운데 수상 행식이 파도와 같아서
그의 본체는 다름 아닌 역시 물이 되듯
물이 수증기 구름과 비가 되고 돌고 돌아 그 자리니
본디 부처인데 본 공을 몰라 어리석은 색의 범부로다.

주인공아 내 말 좀 들어라.
오고 감이 없는 것이 본공本空이요
생사가 둘이 아님이 일여一如니라.

허망한 우주본체 속을 거니는 두 연인

연어는 자기가 태어난 곳에
알을 낳는다는 회귀 본능의 습관이 있고
사람들은 자기가 사용하는 언어가
어디에서 왔을까 궁금해하는 어원 찾기를 하고
선사들은 내가 어디서 왔다가 어디로 가는가?
궁금해하는 '이 뭣꼬'를 한다.

과학자는 우주만유의 이치를
실험하여 달나라 별나라에 인공위성을 보내어
우주 전체를 알아본다.

백제 31제왕 추모문화대제 견진 스님

지질학자도 수억만 년의 지층의 분석을 통해
앞으로 생겨날 이치를 터득하여
상전벽해와 천재지변을 알아낸다.

우리는 옛것을 찾아
그리움을 만끽하는 온고이지신溫故而知新을 배운다.

염라대왕도 그 사람의 전 행실을 따져봐서
내생에 갈 곳을 결정해주는
자업자득自業自得과 인과법칙因果法則을 적용한다.

견진 스님 추모사

깨
우
치
면

그
대
로
다

도끼로 나무팰 때
결을 알고 내리치면
통쾌하게 갈라지듯

마음 지리 찾을 때는
들고양이 쥐 잡듯이

그 자리를 뚫어보면
실상 본색 드러나고

그 마음을 성찰하면
이 뭣꼬가 터지리라.

터진 마음 살펴보면
본디 마음 그 자린데

어찌하여 손에 쥐고
안 보인다고 말하리요.

보지 말고 듣지 말고
육문상방六門常放 금광金光내리.

항일암에서 세존도를 참배하다

헛꿈 꾸다 깨어나면
허망한 줄 알면서도

이생 내생 뛰어 봐도
나란 놈은 잡지 못해

햇빛 속에 그림자는
이리저리 다니어도

근본 본질 사라지면
실상조차 공허하네.

개
개
불
성
箇
箇
佛
性

과거의 어려움이
미래의 밑거름이 되어
현재를 지키고 있나니

새싹과 꽃잎은
열매의 원동력이니
자연변화에 결실이 되고

아름다운 꽃들은
변천의 과정이니
누구든지 피고 지리라.

작으면 작은 대로
크면 큰 대로
모나면 모난 대로
둥글면 둥근 대로

성품이 각기 다르니
차별하지 말고
원만히 감싸면
개개불성箇箇佛性이 나타나리라.

견진 스님 작품 「불자(佛字)」

심
생
즉

법
생
心
生
卽

法
生

'심생즉법생이요 심멸즉법멸이라'
마음이 일어나는 것이 법이 생기고
마음이 없어지는 것이 법이 없어진다.

심개 중에 대우주가 펼쳐지고
심폐 중에 소우주가 사라진다.

마음을 열면 대우주가 보이고
마음을 닫으면 소우주도 사라진다.

미
소
가

천
하
제
일

깊은 산속에서
무념의 경지에 들면

지혜가 흘러넘쳐
생각마다 보리심이요
보고 듣는 소리가
미묘한 법음일세.

마음을 나누는 미소가
천하에 제일이로다.

자당慈堂 어른 일념자一念子 보살

백
제
왕
가
/
백
왕
대
제

백제건국 제왕자모 소서노와 제왕대신
계룡산 고왕암 백왕전에 좌정하고
온조에서 의자까지 향로전에 모두 모여
다반향기 즐기시고 부강 나라 이루소서.

정과 웃음 많은 나라 우리나라 대한민국
예와 도를 아는 나라 우리나라 대한민국

삼족오가 손을 잡고 대한민국 건설하니
남과 북이 힘을 합쳐 한민족을 통일할 제
단군 님과 계룡 산신 부처님을 대신하여
금계 소리 들려올 때 세계평화 이룩하네.

정과 웃음 많은 나라 우리나라 대한민국
예와 도를 아는 나라 우리나라 대한민국

약사여래불 승무

백제왕 추모제

법고 치는 견진 스님

복이란 무엇인가?
한 사람이 열 사람의 입을 책임질 수 있어야 하므로
가장이 가족을 보기 좋고 맛있는 음식과
의복과 주택으로 감싸고 웃음으로 호위함을 말한다.

지혜란 무엇인가?
슬기와 능력을 이르나
한 가지를 듣고 열 가지를 미루어 알면서도
행동과 이치를 분별하여 의혹을 없앰을 말한다.

우리는 복과 지혜를 구족하게 갖추고
하나를 듣고도 열 가지를 아는 지혜가 필요하므로
사찰에서는 스님들이 수산 고흘壽山 高屹 복혜 왕양福慧 汪洋
지혜 총명智慧 聰明 만사형통萬事亨通이라고 기도 축원한다.
수명의 산이 높고 높아 복의 바다가 넓고 넓어
지혜가 총명하고 만사가 형통하여라.

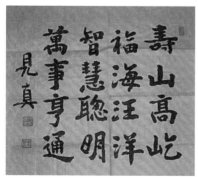

견진 스님 작품 「수산고흘」

무
상
정
토
無
上
淨
土

불요의문 사후처不要疑問 死後處
죽으면 가는 곳이 어딜까 궁금해하지 마라.

이과선로 무흔적已過船路 無痕跡
이미 수천 번 지나간 뱃길은 흔적이 없잖아.

여요조도 래지처如要找到 來之處
굳이 내가 온 흔적을 알려고 할진대,

무념안향 당하시無念安鄉 當下是
무념무상의 안락국이 여기에 있네.

벽암대종사 다비 연꽃

자
화
상

自
畫
像

얼굴은 바탕인데
미소는 꽃이라
바탕은 비어서 빈 종이라
빈 종이에 마음대로 색칠하면
그대로가 자화상일세.
어디서 왔다가
어디로 가는가?
목적 없는 여행은
메아리 소리요
자리이타 행은
선장의 여운 향기이지만
깨달음은
우리 모두의 횃불이어라.

곤줄박이와 스님 입맞춤

심
산
유
곡
深
山
幽
谷

뒷산은 해와 달이 공존하는 병풍이요
앞 계곡은 운무가 서린 절경이라.
극락이 어디냐고 나에게 묻는다면
오고 감과 시비가 끊어진 자리라네

왜 사는가?
무엇을 위하여?
누굴 위하여?

아름다운 자연의 섭리를 먹으며
진성의 오묘한 이치를 깨닫고
너와 내가 없는 우리 모두를 위하여

심산유곡

천
년
의

향
기
와

만

년
의

미
소

시주의 향기는 천년을 가고
미소의 아름다움은 만 년 동안 빛난다.
백 년이나 살면서 무엇을 했는가?

천만년 갈 수 있는 대장부의
공덕을 쌓아 보게나!

칼미아 공양

시
란

무
엇
인
가

마음속의 그림을
좋은 선율을 넣어
한 폭의 수채화로 만든 글

내면의 정신세계
다가오는 감동을
알기 쉬운 문자로
나타내어 표출하는 글

감성 언어로
맛깔나게 조리하고
숙성시켜 자연미가
넘치게 요리한 글

정신과 마음이 결합하여
인간과 자연 속에서
인간미가 넘치는 글

내면세계에서 우러나온
감성과 지식이 결합한
에메랄드 한 풍경 속의 글

세계
일
화
世
界
一
花

백두산령 주령호白頭山領 住靈虎
한라산원 용야록漢拏山園 踊野鹿
남북성일 원성취南北聖一 願成就
세계평화 합일화世界平和 合一花

백두산령에는 호랑이가 머물고
한라산 평원에는 사슴이 날뛰네.
남북이 성스럽게 하나가 되면
세계평화는 하나의 꽃이 되네.

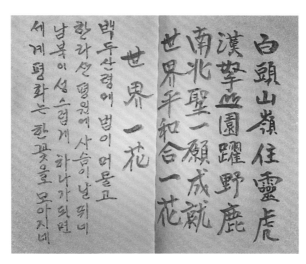

견진 스님 글 「세계 일화」

구리소언口裏少言
입속에는 말이 적게

심리소사心裏少事
마음에는 일이 적게

위리소식胃裏少食
위장에는 밥이 적게

야리소면夜裏少眠
밤중에는 잠이 적게

시사득자是四得者
이 네 가지 얻은 사람

즉신득도卽身得道
이생에서 도를 얻네.

지
식
知
識
과

견
성
見
性

지식으로 아는 것은 책이 이미 알고 있고
마음으로 아는 것은 인지상정 통한다네.

잘못된 길 가다 보면 천 길 벼랑 만나지만
서로 화합 상통하면 이웃 간의 형제일세.

책을 통해 알고 나면 여러 사람 가르치고
마음 통해 알고 보면 세상 등불 밝힌다네.

우리 모두 극락 천당 두 손 잡고 놀다 가세.

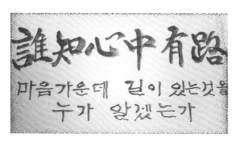

견진 스님 작품 「수지심중유로」

묘향산의 기세가 하늘 밖 제일가는 풍경구인지라
가히 도인이 거처할 만한 곳으로
만 길 폭포 소리가 우레와 같아서
인간의 부정한 행실을 꾸짖는 것 같고

천년의 경치에 취하여 생각해보니
돌이켜 뜨내기 인생의 꼭두각시 같은 것을
비웃는 것처럼 느껴진다고 할 만합니다.

꼭두각시 같은 우리네 인생은 어찌하여
본래의 천진 자성을 닦지 아니하리오.

원컨대 어른께서는 묘향산에서 저와 함께
자리를 펴고 정업 대도를 닦지 않겠습니까?

초부당 적음대선사 시

도
란

이
런

건
가
요
?

산길도 나무꾼 도요
바닷길도 배의 도라
하늘길도 비행기 도니
수도가 도인의 길이라.

옛길보다 신작로가 좋고
비포장보다 포장도로 편하고
나쁜길보다 선한길 수승하고
죽음의 길보다 살길이 낫도다.

산길을 잘못타면 고생하고
물길을 잘못타면 뒤집어지고
하늘길을 잘못타면 큰일나고
수도길을 잘못하면 속퇴를 한다.

번뇌를 벗어나는 해탈의 길
욕망을 벗어나는 무욕의 길
죗가를 벗어나는 참회의 길
잘못된 길 벗어나는 진리의 길

어둠의 길 벗어난 광명의 길
어리석음 벗어난 지혜의 길
우리 모두 안락한 정토의 길
올바른 등불을 든 성인의 길

깨
우
침

보현
행원가

균여대사의 보현행원가(향가 11수)를
견진 스님이 재해석한 게송

01

예경제불가禮敬諸佛歌

마음의 붓으로 부처님을 모시고
우러러 절하는 불자여
법계가 끝나는 곳까지 이르니
티끌마다 부처님이구나.
절마다 모시고 예경하는
법계 가득하신 우리 부처님께
구십 백 세까지 절을 하리라.
신구의 삼업에 싫은 생각 없으니
항상 부지런히 예경하리라.

02

칭찬여래가稱讚如來歌

불자들 함께 모여
나무아미타불을 염송하니
끝없는 변재무변의 바다가
마음속의 지혜로 솟아나도다.
속세의 허망함을 뒤로하고
공덕의 몸과 끝없는 지혜 바다에서
중생의 아픔을 치유하시는
약사여래 부처님을 찬탄하나
터럭 끝만 한 공덕도
이루어지기를 바라지 않네.

03

광수공양가廣修供養歌

옥 등잔에 타오르는
불꽃 수미산이요.
기름은 큰 바다처럼 풍족하구나.
두 손은 빌고 빌어 합장하며
법계에 가득한 부처님께
지극정성 다하여 불공드리니
곳곳이 부처님이라
절할 곳도 많고
공덕도 풍족하구나.

04

참회업장가懺悔業障歌

절하면서 깨달음 구함을
이 몸이 부서지도록
지은 죄업을 씻어 옵니다.
다겁생래多劫生來로 지은
모든 업장을
시방세계 부처님께 참회합니다.
계정혜 삼학을 따르고자
모든 부처님께 참회하고
중생계가 다하도록
거듭 참회하여
내세에는 길이 악업을
짓지 않으리라.

수희공덕가隨喜功德歌

연기의 이치를 알고 보니
어리석음과 깨달음은 한 몸이라
부처와 중생과 내가
다름 아닌 한 몸인 것을
선각자의 도를 이제 내가 닦으니
깨우친 자는 나와 남이 하나로 세.
선행자의 기쁨이 곧 내 기쁨이니
어디서 질투의 화신이 일어나랴.

청전법륜가請轉法輪歌

더 넓고 넓은 법계에 법륜을 굴리며
법우와 함께 법의 비를 맞았노라.
무명의 토양에 번뇌를 묻고
고귀한 불종자의 싹을 틔워
복전의 바다에서 중생을 건지노라
보리수 열매 하나로
모두가 마음의 밝은 달을
수확하노라.

청불주세가請佛住世歌

제불 제불이 화현하시고
가시는 길에 두 손 모아 합장하고
이 세상에 오래오래 계시길
새벽부터 늦은 밤까지 기도하나니
모든 도반道伴
부처님 발에 예배하며
오탁을 씻어내고
부처님의 그림자를 따르리라.

상수불학가常隨佛學歌

석가모니 부처님께서
우리에게 보이신
난행과 고행의 원력을
기필코 따르리라.
몸이 산산조각 티끌이 되어도
죽는 날까지 주야로 정진하여
모든 부처님도 그러하듯이
성불을 향한 마음이
불퇴전하리라.

보현행원가

09

10

항순중생가恒順衆生歌

보개회향가普皆迴向歌

부처님은 미혹한 중생을
나무의 뿌리로 생각하시니
대자대비의 천수를 내려
시들지 않게 가꾸느니라.
법계에 가득한 부처님과 함께
생사를 함께하고
생각마다 중생을 공경하나니
중생과 함께 이 기쁨 누릴지이다.

다겁생래多劫生來 닦아온 모든 선을
중생의 깊은 바닷속으로 회향하여
미혹한 무리가 없도록
지혜를 베푸노라.
부처님 바다에 이르면
참회하던 악법도 선업으로 바뀌어
법성의 집에 보배 되리라.
절하는 중생과 모든 부처가 한 몸이니
어디에 차별이 있을까 보냐.

11

총결무진가總結無盡歌

중생이 끝없지만 모두를 건지면
나의 할 일도 끝이 난다네.
무명의 큰 바다에서
헤매는 이를 자비심으로 건지니
향하는 곳마다 선행의 길이로 다.
보현행자의 서원은 끝이 없어
부처님 곁으로 안내하는 일이라
다른 일은 손에 잡히지 않네.

산중수행山中修行의 결정체 청량재淸凉材

계룡산 신흥암에서 황진경

견진 스님 시집이 출간된다고 하니
아주 반가운 소식입니다.

신선일미神仙一味와 같이
본시 승려의 수행 그 자체입니다.
산새들과 소통하고
이심전심以心傳心의 노래로 승화하니,

이 모두가 시의 세계요
선의 생활이라 하겠습니다.

산중수행山中修行의 결정체 아니고 무엇이랴!

앞으로 견진 스님 계룡산 울림이
세상의 청량재淸凉材가 되기를 빕니다.

계룡산에서 자연을 노래하다

계룡산 고왕암 견진 스님 산문 시집

초판 1쇄 발행 | 2023년 5월 5일

지은이   견진 스님
펴낸이   안호헌
에디터   윌리스

펴낸곳   도서출판 흔들의자
            출판등록   2011. 10. 14(제311-2011-52호)
            주소   서울특별시 서초구 동산로14길 46-14. 202호
            전화   (02)387-2175
            팩스   (02)387-2176
            이메일   rcpbooks@daum.net(원고 투고)
            블로그   http://blog.naver.com/rcpbooks

ISBN 979-11-86787-53-3 03810
ⓒ견진 스님